KB110777

난 공포소설가

<놀놀놀: 놀 것과 놀라움이 가득한 글 놀이터> 독자에게 보내는 집필 제안서

우리 삶에는 항상 놀 것과 놀라움이 가득합니다. 누군가에게는 라면이, 누군가에게는 공포소설이, 누군가에게는 퇴근 후 달리는 상쾌함이 살아갈 의미로 작용합니다. 우리 모두에게 있는 바로 그 '놀 것'과 '놀라움'을 글로 풀어낼 수 있는 '놀이터'가 〈놀놀놀〉 시리즈입니다. 독자 여러분 가슴 속에 있는 놀 것과 놀라움에 대한 이야기를 환영합니다.

• • •

형식: 자신만의 지식과 경험을 바탕으로 한 소확행의 생활 에세이
분량: 원고지 350~400매(6만~7만 자)
주제: 자유
시리즈 예상 소재: 고양이, 오르골, 시계, 짜장면, 기차여행, 무라카미 하루키, 마카롱, 피규어, 떡볶이, 제주도, 파스타, 스타벅스, 반려견 등 자신만의 놀 것과 놀라움
보내실 곳: bookocean@naver.com

난 공포소설가

초판 1쇄 인쇄 | 2019년 11월 1일
초판 1쇄 발행 | 2019년 11월 7일

지은이 | 전건우
펴낸이 | 박영욱
펴낸곳 | 북오션

편 집 | 이상모
마케팅 | 최석진
디자인 | 서정희 · 민영선

주 소 | 서울시 마포구 월드컵로 14길 62
이메일 | bookrocean@naver.com
네이버포스트 | m.post.naver.com ('북오션' 검색)
전 화 | 편집문의: 02-325-9172 영업문의: 02-322-6709
팩 스 | 02-3143-3964

출판신고번호 | 제313-2007-000197호

ISBN 978-89-6799-499-0 (03810)

이 도서의 국립중앙도서관 출판예정도서목록(CIP)은 서지정보유통지원시스템 홈페이지(http://seoji.nl.go.kr)와 국가자료공동목록시스템(http://www.nl.go.kr/kolisnet)에서 이용하실 수 있습니다.
(CIP제어번호: CIP2019039680)

놀 놀 놀 놀 것과 놀라움이 가득한 글 놀이터

난 공포소설가

전건우 에세이

북오션 콘텐츠그룹

프롤로그

미리 말하자면, 제목과 달리 이 책은 전혀 무섭지 않다. 그런 쪽, 그러니까 턱이 덜덜 떨리고 온몸에 소름이 돋으며 꿈자리가 뒤숭숭한 쪽을 원한다면 내가 쓴 소설들을 읽어 보시길.

이 책은 호러 장르가 문화계에 미치는 영향이나 호러 장르의 예술적 의미 같은 거창한 주제에 대해서도 말하지 않는다. 나는 그런 걸 말할 깜냥이 되지 않고 그런 걸 말할 시간에 남을 무섭게 만드는 일에 조금 더 노력하자는 주의다.

이쯤 되면 이 책의 정체가 궁금할 텐데 글을 쓴 나조차 한마디로 명쾌하게 정의할 수 없다. 에세이라기에는 과연 다른 이들의 공감을 이끌어낼 수 있을까 싶고, 인문학 서적은 더더욱 아니며, 그렇다고 자기계발서와는 상당한 거리가 있으니, 음…… 그렇다면 그냥 '연애편지'라고 할까?

무릇 사모하는 상대를 향해 사정없이 뻗어나가는 마음을 한소끔 적당하게 끓여낸 뒤 이성과 감성의 오묘한 배합을 통해 프라이드 반 양념 반, 혹은 짬짜면 같은 황금 비율을 맞춰 써내려 가야 하는 것이 바로 연애편지 아닌가. 게다가 그 안에는 사랑하는 상대에 대한 아낌없는 칭찬과 헌사가 들어가야 하며 당신 덕분에 내 인생이 얼마나 아름답게 바뀌었는지에 대한, 눈물 없인 읽을 수 없는 신앙고백도 첨가되어야 하는 법.

그런 기준에서 보자면 이 책은 연애편지가 맞다. 아니, 가히 연애편지의 교과서라 부를 만하다.

꼬맹이 어린 시절부터 대출금을 걱정해야 하는 아저씨가 된 지금까지 나는 꾸준히, 끈덕지게, 늘, 한결같이, 지독할 정도로 호러 장르를 사랑해왔다. 거의 30년 넘게 그 사랑을 이어 오고 있는 셈이다. 어디 그뿐인가. 사랑하다 못해 언젠가부터 호러 장르를 가지고 소설을 써오고 있으니 감히 지고지순하다 말해도 누구하나 불평하지 않을 것이다. 뭐, 한 명쯤은 불평할 사람도 있겠지만 그게 뭐 대순가. 그런 장애물 정도는 있어줘야 사랑할 맛도 나는 거지.

장애물이라 하니 생각이 나는데 나는 가끔 이런 질문을 받는다. "어쩌다가 호러 장르를 좋아하게 된 건가요?" 이런 질문도. "도대체 어떤 이유로 호러 소설을 쓰게 된 건가요?" 이런 질문 역시. "어떻게 하면 호러 장르를 좋아하게 될까요?"

첫 번째 질문의 핵심은 '어쩌다가'에 있고, 두 번째 질문의 핵심은 '도대체'에 있으며, 세 번째는 뭐, 말할 것도 없이 '어떻게'에 그 핵심이 있다는 것을, 가끔이긴 하지만 꾸준히 비슷한 질문을 받는 나는 모두 파악하고 있다. 또한 그들이 나쁜 뜻으로 질문하지 않았다는 사실도 알고 있다. 그 질문 속에는 비난보다는 궁금증이 더 많이 들어가 있다. 왜 안 그렇겠는가. 무섭기만 하고, 끔찍하고 잔인하며, 현실성은 떨어지는데다가, 한국에서는 지독한 비주류이기도 한 '호러'를 가지고 소설을 써대는 작가를 만났으니 그 심리가 궁금할 수밖에.

나는 그런 질문을 들을 때마다 '매운 음식'과 '롤러코스터' 이야기를 해준다. 누군가에는 고통이기도 한 매운 음식을 또 다른 누군가는 스트레스가 풀린다며 잘 먹듯이 호러 장르 역시 누군가, 그러니까 나 같은 사람에게는 스트레스를 푸는 한 가지 방법이 된다고. 롤러코스터도 마찬가지다. 나는 롤러코스터라면 질색을 하지만 아내는 좋아서 몇 번이고 계속 타기도 한다. 몸이 허공에 붕 뜨는 그 짜릿한 느낌이 좋단다. 나는 붕 뜨는 그 느낌이 무서워 롤러코스터를 못 타지만 반대로 오싹한 느낌이 좋아 호러 장르를 소비하고 또한 생산한다.

그러니까 이건 순전히 취향의 문제인 것이다. 그리고 대부분의 취향이 그렇듯 어린 시절 자라온 환경의 영향도 많이 받는다. 어린 시절 우리 집 책장에는 무섭고 미스터리한 책들이 잔뜩 꽂혀 있었으며 부모님을 비롯해 내 친척들은 경쟁이라도 하듯 무서운 이야기를 잘도 들려주셨다. 그때부터 호러 장르에 대한 내 안의 애정이 싹트기 시작했다.

연애편지라고 말했듯, 이 책에는 지금껏 살아오면서 내가 특히 사랑했던 호러 장르 작품에 대한 애정 어린 찬사와 추억담이 들어 있다. 처음 이 기획을 제안받았을 때는 "소설 쓸 시간도 없는데 무슨……" 하며 손사래를 쳤지만 '호러'에 대해서만큼은 할 이야기가 더 남아 있을지도 모른다는 생각에 덜컥 수락을 해버렸다. 호러 소설을 직접 써오며 이 장르에 대한 사랑을 충분히 표현했다고 생각했지만 이 책을 작업하는 동안 생각이 바뀌었다. 연애편지란 아무리 길게 써도 발송하고 나면 꼭 못한 말이 남기 마련인데 호러에 대한 내 사랑도 그랬다. 소설만으로는 충분하지 않은 내 마음을 이 책 가득 담았다.

나는 아직도 비주류 소설가라는 말을 듣는다. 내가 호러 장르를 포기하거나, 호러 장르가 베스트셀러가 되는 일이 일어나지 않고서는 언제나 같은 말이 따라다닐 것이다. 두 가지 모두 가능한 일이 아니기에 내게 붙은 비주류 딱지를 뗄 일이 당분간은 없으리라. 호러가 비주류 장르로 여겨지는 이유는('전락한 이유'라고 쓸 뻔했는데 호러는 한 번도 어떤 위치에 올라가 본 적이 없으므로 자연스레 떨어진 적도 없다는 사실을 깨닫곤 마음을 바꿨다) 그것이 기본적으로 어두운 이야기이기 때문이다. 호러는 추리나 스릴러와 달리 해결의 통쾌함을 선사하지도 않는다. 추리와 스릴러가 그냥 다크 초콜릿이라면 호러는 카카오가 98퍼센트쯤 들어간 '다아크' 초콜릿인 것이다. 쓰고, 텁텁하고, 괴롭다. 그런데 그래서 좋아하는 사람도 분명 있다. 이 책은 바로 '그래서 좋아하는 사람'을 위해 썼다. 어두움을 통해서 인생을 배운 사람들, 자신이 비주류라는 사실을 기분 좋게 받아들이는 사람들, 그리고 어디에서건 호러를 좋아한다고 밝힐 수 있는 사람들을 위해…….

다시 한 번 말하지만 이 책은 무섭지 않다. 내가 쓴 책들 중 최초로 어둡고 구석진 매대가 아니라 밝고 환한 매대에 놓일지도 모른다. 아무렴, 연애편지니까. 이 프롤로그만 본 서점 직원이 '사랑·에세이' 섹션에 놓아준다면 참으로 좋을 텐데. 뭐, 그럴 일은 없겠지만 이 책을 통해서 많은 사람들이 호러 장르를 이해하고 그 안에 숨은 사랑스러운 지점에 공감해줬으면 좋겠다.

내가 사랑해 마지않는 것에 대해 쓰는 일은 언제나 즐겁고, 또 한편으론 긴장된다. 즐거움과 사랑과 긴장을 담아 이 책을 완성했다. 세상에 둘도 없는 '호러'에 대한 기나긴 연애편지를 재미있게 읽어주시길 바란다.

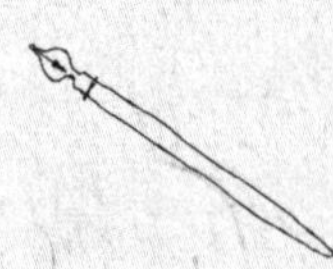

차례

〈전설의 고향〉과
《프랑켄슈타인》

초등학교 2학년인 내가 눈이 빠지게 기다리던 TV 프로그램은 다름 아닌 〈전설의 고향〉이었다. 물론 열 살이라는 나이에 걸맞게 초능력을 가진 공룡이 민폐를 끼치는 이야기나 엄마가 세상에서 제일 좋은 소녀의 달리기 이야기도 좋아했지만, 나름 또래에 비해 성숙하다고 자부하던 건방진 소년의 취향을 만족시키는 건 언제나 〈전설의 고향〉이었다.

〈전설의 고향〉은 그야말로 과자종합선물세트였다. 명절 때 놀러오는 친척들의 손에 들려 있던 그것, 한 번에 다 먹어 버릴까 봐 어머니가 장롱 위에 숨겨 두셨던 그것, 어린이들에게 꿈과 희망과 달콤함과 충치를 선물했던 그것 말이다. 약속을 저버리거나 누군가를 아프게 하면 반드시 벌을 받게 된다는 교훈도(그 덕에 내가 성실한 인간이 됐다), 누구나 사연 하나쯤은 가지고 있다는 깨달음도, 눈물짓게 만드는 감동도, 깔깔거리게 만드는 웃음도, 어느 것 하나 빠지지 않고 모두 다 들어 있었다. 정말이지 과자종합선물세트였는데, 내가 〈전설의 고향〉을 좋아한 결정적 이유, 그러니까 과자종합선물세트 속 핵심이라 할 수 있었던 '투 유 초콜릿' 같은 존재가 따로 있었으니 그게 바로 '귀신'이었다.

귀신을 빼놓고는 도무지 〈전설의 고향〉을 설명할 길이 없다. 몇 번을 생각해도 마찬가지다.

〈전설의 고향〉에는 거의 매번 다양한 사연을 가진 귀신이 등장했는데 그 덕분에 내 머릿속에서는 '전설=귀신'이라는 등식이 자리 잡았다. 그때만 해도 겁이 많던 나는 분명 귀신을 무서워했다. 〈전설의 고향〉 속 귀신들은 사연은 달라도 저마다 행색이 비슷했다. 긴 머리카락과 창백한 얼굴, 그리고 입술에서 흐르는 한 줄기 피와 흰색 옷이 기본 아이템이었다. 여기에 기다란 손톱과 구미호의 꼬리 같은 게 가끔 더해지긴 했지만 아무튼 기본은 변하지 않았다. 그리고 기본만으로도 충분히 무서웠다.

당연한 말이지만 〈전설의 고향〉 애청자 입장에서는 언제 그 귀신이 나타날지 충분히 짐작할 수 있었다. 그다지 미덥지 않게 생긴 선비가 기척을 느끼고 방문을 열거나, 장사꾼 중 한 명이 산을 넘다가 길을 잃고 밤이 되고 말았을 때, 더군다나 서두른답시고 주막 하나를 막 지나쳤을 때 귀신은 어김없이 나타난다. 어린 마음에 방문 좀 열지 말고 제발 주막에서 쉬다 가, 라고 소리 친 적이 한두 번이 아니지만 그때는 방송국 작가와 피디의 고충을 알 길이 없었다.

아무튼 그런 순간이 오면 일단 심장이 빨리 뛰기 시작한다. 구부린 무릎을 양팔로 꽉 잡은 채 점점 몸을 동그랗게 만다. 거의 아르마딜로 수준이 되는 것이다. 똥구멍이 실룩거리고 목 뒤가 뻣뻣해지는 것도 그때쯤이다. 주먹을 꽉 쥐고 입을 앙다무는데 그건 터져 나올지도 모르는 비명을 사전에 막기 위해서다.

내가 그런 식으로 공포의 순간을 준비하는 사이 화면에는 음산한 음악이 깔린다. 불어오는 바람에 촛불이 흔들리고 멀쩡하던 달을 구름이 가린다. 그때가 되면 공포는 최고조에 달한다. 나는 어금니를 꽉 깨문다. 숨을 참는다. 지금이다. 바로 지금, 저 선비가, 저 장사꾼이 뒤를 돌아보면…….

두둥!

무서워하지 않을 거라던 열 살 소년의 다짐은 귀신이 나타나는 순간 사라져 버리고 나는 매번 빛의 속도로 어머니 품을 찾았다. 그래도 눈을 감지는 않았다. 두려움과 호기심. 상반된 두 감정의 싸움에서 늘 호기심이 반 보 정도 앞섰다. 그 호기심이 훗날 내 삶을 전혀 다른 방향으로 이끌 거라는 걸, 어머니의 손을 으스러져라 잡으며 공포를 견디던 그때의 나는 알지 못했다.

귀신은 독기 어린 표정으로 억울한 사연을 늘어놓거나 혹은 꾸지람을 하거나 그것도 아니면 제법 친절하게 자초지종을 설명하곤 했는데 귀신의 그런 말들은 초등학생이 듣기에도 제법 설득력이 있어서 무서운 중에도 고개를 끄덕이곤 했다. 예를 들면, 자신을 죽인 사람이 잘못을 뉘우치기는커녕 떵떵거리며 잘 살고 있다면 생전에 아무리 점잖은 사람이었다 해도 원귀가 될 수밖에 없다. 그래야 복수할 수 있으니까. 잘못한 사람은 벌을 받아야 마땅하고 한을 푼 귀신은 평안을 되찾는 것, 그것이 바로 〈전설의 고향〉의 세계관이었다. 그 세계관에 익숙해지자 귀신들이 조금 달리 보이기도 했다. 예전에는 마냥 무서웠다면 어느 정도는 불쌍한 마음도 든 것이다. 그러다 보니 〈전설의 고향〉에서 느끼는 공포의 강도도 조금씩 옅어졌는데 어느 날, 정말로 벼락같이 어마어마한 귀신과 맞닥뜨리게 된다. 아무런 대비도 못 한 채.

그날은 여름이었다. 태풍이 분 건지 장마가 진 건지 정확히 기억나지는 않지만 아무튼 비가 억수같이 쏟아졌다. 하나님이 수도꼭지를 잠그지 않은 게 분명하다는 생각을 했던 건 똑똑히 기억한다. 그래서 기도를 했다. 하나님. 혹시 까먹으셨다면 지금이라도 수도꼭지를 잠가주세요, 라고. 너무 바빴는지 하나님은 내 기도를 못 들으셨고 기록적이라 할 만한 폭우는 계속됐다. 그리고 어느 순간 집 안으로 물이 넘치기 시작했다.

그때 우리 가족은 나를 포함해 여섯이었다. 부모님과 나, 그리고 세 명의 남동생들. 막내는 갓난아기였다. 우리가 살던 집은 1980년대에 흔했던 다세대 주택이었다. 주인은 2층에 살았고 1층에 방 한 개짜리 집들이 몇 개씩 붙어 있는 구조. 당연히 우리 집도 방이 하나였고 집과 밖을 나눠주는 건 검은색 섀시 문이 전부였다. 그 문 틈사이로 시커먼 물이 쿨렁쿨렁 넘어 들어오기 시작한 것이다. 부엌 겸 욕실 겸 현관이었던 공간에 순식간에 물이 찼다. 세숫대야가 둥실 떠올랐다. 훗날 알게 된 사실이었지만 그날의 폭우로 동네 하수구가 막혔고 그렇게 해서 넘친 물이 저지대에 있던 우리 집을 덮친 상황이었다. 가난할수록 바닥에 붙어사는 건 그때나 지금이나 마찬가지였다.

그 물난리 속에서 나는 도움이 되지 않았다. 동생 셋은 말할 것도 없었다. 어머니와 아버지는 바가지와 세숫대야를 동원해 필사적으로 물을 퍼내셨다. 물은 두 분이 퍼낸 만큼 다시 들어왔다. 사투는 계속됐다. 나는 조마조마한 마음으로 넘실거리는 수챗물을 바라봤다. 검디검은 그 물은 마치 살아 있는 것 같았다. 아주 나쁜 마음을 품고 우리 집을 박살내기 위해 찾아온 귀신. 너무 무서워서 울음이 터지려는 걸 꾹 참았다. 내가 울면 동생들도 다 울 것 같았기 때문이다. 가난한 집의 4형제 중 장남으로 살다 보면 아무리 어리더라도 무엇을 하지 말아야 하는지는 기가 막히게 알게 된다.

얼마나 시간이 흘렀을까, 빗줄기가 가늘어지면서 밀고 들어오는 물의 양이 줄어들었고 덕분에 방문 바로 아래까지 차올랐던 물도 서서히 빠져나가기 시작했다. 어머니와 아버지는 그제야 허리를 펴고는 걱정 말라고 웃어 보이셨다. 그러고는 또 다시 바쁘게 바가지와 세숫대야를 놀리셨다. 이윽고 비는 그쳤다. 나는 물이 빠져나가는 꼬르륵 소리를 분명히 들었다. 일제히 문을 열고 물을 퍼내던 이웃 사람들이 지친 표정으로 다 같이 하늘을 올려다보던 모습도 생생하다.

그날 밤이었다. 더러워진 부엌 겸 욕실 겸 현관을 청

소까지 하신 부모님은 지쳐서 일찌감치 곯아떨어지고 나만 홀로 깨어 〈전설의 고향〉을 기다리고 있었다. 그랬다. 하필 그날은 〈전설의 고향〉 방영 일이었고 아무리 힘들고 정신없는 하루였다 해도 그것만은 포기할 수 없었다. 쏟아져 내린 비 때문인지 이상하게도 전파가 잘 잡히지 않아 텔레비전 안테나를 이리저리 돌리던 게 기억난다.

이윽고 어둑한 방 안에 홀로 앉아 〈전설의 고향〉을 보기 시작했다. 몸져누운 남편을 살리려고 사방팔방으로 노력하는 부인이 나오는 이야기였다. 나는 오프닝을 보자마자 실망했다. 보통 이런 이야기에는 귀신이 등장하지 않았다. 그렇다면 굳이 볼 필요가 없었다. '전설=귀신'이었으므로. 귀신이 빠진 〈전설의 고향〉은 더 이상 〈전설의 고향〉이 아니었다. 설상가상 오지랖 넓은 스님까지 등장했다. 다음 이야기는 보지 않고도 알 것 같았다. 열심히 불공을 드리면…….

어라? 그런데 뭔가 이상했다. 오지랖 넓은 스님이 하는 말이 보통의 전개와는 달랐던 것이다. 무덤을 파서 시체 다리를 잘라와 고아 먹이면 된다고? 그때부터 이야기는 내 빈약한 상상의 범위를 아득히 넘어 도무지 알 수 없게 흘러갔다. 〈전설의 고향〉에서 귀신 다음으로 많이 등장하는 게 시체였는데 시체 역시 초등학생의 공포심을 자극하기엔 충분했으므로 일단 나는 끝까지 보기로 했다.

주인공 여자는 고민 끝에 부엌칼을 들고 산으로 향한다. 물론 밤이다. 〈전설의 고향〉에 거의 매 화 등장하는 부엉이 울음이 산속에 울려 퍼진다. 나도 모르게 주먹을 꽉 쥐었다. 밤, 산, 그리고 부엉이 울음이 나오면 뭔가 음산하고 기괴하며 무서운 일이 벌어지리라는 신호였기 때문이다. 그런데 귀신은 언제 등장하는 거야? 이번에는 그 순간을 도무지 짐작할 수 없었다.

여자는 독하게 마음을 먹고 무덤을 파헤치는 데까지 성공, 드디어 관 뚜껑을 열고 시체와 마주한다. 그러고는 시체의 한쪽 다리를 잘라 도망을 치는데…… 잠시 후 나는 열 살 인생을 살면서 듣도 보도 못한, 그리고 무수히 많은 〈전설의 고향〉의 고향을 보면서도 한 번도 경험하지 못한 귀신과 맞닥뜨리며 극한의 공포를 체험하게 된다.

한쪽 다리를 잘린 시체가 겅중겅중 뛰며 여자를 쫓아오기 시작한 것이다.

"내 다리 내놔라!"

이렇게 외치면서.

아! 그때의 충격이란……. 나는 그 귀신의 몰골을 보면서 내가 감당할 수 없는 공포라는 사실을 직감했다. 귀신의 기본에서 한참 동떨어져 있는 그 시체는 마치 나에게 달려오듯 박진감 넘치게 외발뛰기를 했고 미친 듯이 내지르는 그 소리는 산속이 아니라 바로 우리 집에 울려 퍼지는 것 같았다.

"내 다리 내놔라!"

이미 통상적인 공포의 감각을 아득히 넘어선 상태. 나는 텔레비전을 끄고 싶었지만 당시엔 리모컨도 없던 시절이라 저 무섭기 짝이 없는 시체를 지우려면 직접 화면 앞으로 다가가는 수밖에 없었다. 하지만 그럴 용기가 안 났다. 다리를 가져간 건 부인인데 괜히 내게 다리를 내 놓으라고 소리 지르는 것만 같았다. 게다가 그 장면은 꽤 길었다. 용감한 부인은 시체의 추격을 받으면서도 다리를 꼭 쥐고 달리기를 멈추지 않았다.

"내 다리 내놔라!"

시체가 세 번째인가 네 번째 외쳤을 때 나는 더 이상 참지 못하고 울음을 터트렸다. 고개를 숙이고 이불을 뒤집어썼지만 공포감은 전혀 사라지지 않았다. 무언가가 무서워서 운 것은 그때가 처음이자 마지막이었다. 오줌이 마려웠지만 감히 일어날 생각조차 하지 못했다. 이

어둡고 황량한 세상에, 그리고 시커먼 물이 울컥울컥 밀려오는 비현실적인 세상에 나만 홀로 남겨진 것 같았다. 그런 나를 향해 다리 잘린 시체가 달려오고 있었다. 엄청나게 빠른 속도로. 한 번만 더 겅중 뛴다면 화면 밖으로 튀어나올지도 몰랐다.

그때였다. 따뜻한 손길이 이불을 덮고 있는 내 머리를 조심스레 만지더니 이내 등을 쓰다듬기 시작했다.

"괜찮다. 다 괜찮아."

라는 말과 함께.

어머니였다.

나는 이불을 걷어내고 어머니 품에 안겼다. 그 품 속 어딘가에 눈물 유발 자동 스위치라도 있었던 건지 어머니의 포근한 가슴에 안기자마자 나는 그날 쏟아졌던 폭우처럼 마구 눈물을 흘리며 울고 말았다.

"엄마. 나 무서워."

그 말을 하면서.

그건 꾹꾹 눌러 참고 있던 말이었다. 손 쓸 수 없이 차오르는 시커먼 물을 볼 때부터, 아니 폭우가 내릴 때부터 내내 하고 싶던 말, 그러나 나는 어른스러운 장남이기에 할 수 없었던 말이었다. 무섭다고 말하는 순간 다시 한 번 울음이 터졌고 쉽게 그칠 수 없었다. 어머니는 내가 우는 동안 말없이 계속 등을 쓸어주셨다. 뭐가 무서운지, 왜 이리 슬프게 우는지 묻지 않으셨다. 모든 걸 안다는 듯 나를 안고 달래주셨을 뿐이다.

조금 진정이 된 후 나는 슬그머니 고개를 돌려 텔레비전을 쳐다봤다. 내 다리 내놔라 귀신은 사라지고 부인이 솥뚜껑을 열자 커다란 산삼이 들어 있는 장면이 나왔다. 산삼 다린 물을 마신 남편은 병석에서 벌떡 일어났다. 건강을 되찾은 남편의 환한 얼굴이 아직도 내 기억에 생생하다.

그 남편처럼, 한참 울고 난 나도 아주 개운하고 환한 얼굴이 되었다. 마음속 한구석에 꽉꽉 뭉쳐 있던 응어리가 스르르 풀려 사라진 느낌이었다. 변한 건 아무것도 없었다. 여전히 우리 집은 가난했고 단칸방이었으며 언제 또 수챗물이 차고 넘칠지 몰랐다. 그럼에도 더 이상 무섭지 않았다. 아무렴, 내 다리 내놔라 귀신보다 무서울 수는 없었고 그마저도 어머니의 품 안에서라면 견딜 만했다. 그때부터였을 것이다. 무섭다는 감정의 저 아래에는 그걸 극복한 뒤 찾아오는 놀랄 만큼 개운한 해방감이 기다리고 있다는 사실을 어렴풋이 눈치 챈 것은.

우리 집 다락에는 짐이 가득했다. 단칸방에 다 넣어

둘 수 없는 것들을 모조리 다락에 밀어 넣었다. 그래서 그곳은 보물섬 같았다. 동생들과 가끔 다락 탐험을 했는데 용도를 알 수 없는 희한한 물건들을 발견하는 경우도 많았다. 다락의 여러 짐들 중 압도적인 분량을 자랑하던 것은 다름 아닌 책이었다. 어머니와 아버지 두 분 다 책을 겁나게 좋아하셨고 젊었을 적부터 모아온 책이 그야말로 다락에 가득 쌓여 있었다.

나는 조숙하고 성실하며 착한 장남답지 않게 한글을 좀 늦게 깨쳤다. 초등학교(당시엔 국민학교였지만) 1학년 때는 아예 한글을 몰랐고 2학년이 되어서야 겨우 교과서를 읽을 정도가 되었다. 그것도 더듬더듬. 내게는 신세계가 열린 셈이었다. 무언가를 읽을 수 있게 되자마자 집에 있는 책들을 독파하기 시작했다. 제일 먼저 처음부터 끝까지 혼자 읽은 책은 세계위인전기 시리즈 중 하나인 야구 선수 '베이브 루스' 전기였다. 하필이면 왜 그 책을 골랐는지 알 수 없지만 그 책은 끝내주게 재미있었고(다행히 나는 부산에서 태어났고, 태어난 그 순간부터 롯데 자이언츠의 팬이 되었기에 야구 규칙을 제법 알고 있었다), 나는 다른 책들도 차례차례 읽어나갔다. 그렇게 나는 독서광이 되어 갔다. 단칸방에 있던 책들, 그러니까 '어린이용' 책은 얼마 지나지 않아 모두 읽었다. 내 관심이 다락방으로 옮겨간 건 당연한 일이었다. 거기엔 미지의 보물들이 가득했으니까!

다락방의 수많은 보물 중 어린 독서광의 흥미를 자극했던 건 어머니가 모아 온 책들이었다. 그곳에 바로 그것들이 있었다. 애거사 크리스티와 코난 도일, 그리고 에드가 알란 포우와 앨러리 퀸.

그렇다. 어머니는 미스터리 소설 마니아였다. 일찍이 〈전설의 고향〉을 애청했으며 내 다리 내놔라 귀신을 통해 공포의 긍정적인 면을 체험했던 내게 '~~ 살인 사건'이라는 제목이 붙은 미지의 책들은 흥미롭기 짝이 없는 보물이요, 가보지 못한 세계로 인도하는 창구 그 자체였다. 나는 운명에 이끌리듯 애거사 크리스티를 집어 들어 회색 뇌세포를 가진 포와로를 만났고, 뒤이어 셜록 홈즈라는 내 생애 첫 영웅을 영접했다. 그때는 매일이 행복했다. 낡은 문고본에다 작은 글씨가 세로로 적힌 책이었지만(심지어 누런 종이였다!) 나는 매일 신나게 미스터리 소설들을 읽어 나갔다. 다른 친구들은 혹부리 영감 이야기에 흥미를 보일 때 나는 독살과 교살, 그리고 밀실 트릭에 열광하고 있었다.

그러던 어느 날, 애거사 크리스티와 앨러리 퀸 사이 어딘가에서 건져 올린 책이 하나 있었으니 그것이 바로

《프랑켄슈타인》이었다. 처음 들어보는 제목이었고 표지도 좀 이상했지만(내 기억으로는 천사처럼 보이는 누군가가 등장했다) 나는 그 책을 집어 들자마자 찌릿한 무언가를 느꼈다. 바로 이거다! 나는 그렇게 생각했다. 그때쯤 나는 아주 마니아적인 독서광이 되어 더 어두우면서도 자극적인 이야기를 찾고 있었다. 비싸서 사지는 못했지만 학교 앞 문방구에서 팔던《세계 요괴 백과사전》같은 책에 관심을 보이던 시기도 딱 그때쯤이었다. 프랑켄슈타인이라니, 왠지 모르게 아주 무서울 것 같았다. '광'이 되면 이상한 촉이 발동하게 되는데 비록 어린 나이였지만 책에 대해서만큼은 내 촉도 상당히 타율이 좋았다. 그래서 나는 읽고 있던 미스 마플 할머니를 잠시 미뤄두고《프랑켄슈타인》을 읽기 시작했다.

내 촉은 맞았다.

《프랑켄슈타인》은 정말로 무서운 책이었다.

그 이후로 나는 괴물이 등장하는 숱한 이야기를 읽게 되지만《프랑켄슈타인》만큼 충격적인 작품은 없었다. 비교적 짧은 분량이라 나는 하루 만에 독파했는데 하필이면 마지막 장을 덮었을 때가 어스름 저녁이었다. 《프랑켄슈타인》에서 묘사하는 세상은 저녁이 닥쳐오기 직전, 그러니까 노을도 물러가고 사방으로 땅거미가 지며 모든 게 어두워지기 시작하는 바로 그때와 같았다. 나중에야 그것이 '고딕 소설' 특유의 분위기라는 걸 알았지만 《프랑켄슈타인》을 처음 읽은 내게는 너무나도 낯설고 꺼림칙하며 무서운 상황이었다. 검게 변해가는 창문으로 괴물의 시커먼 그림자가 드리울 것만 같았다.

그 불안감은 꿈속에까지 찾아왔다. 꿈속에서 나는 초등학교 2학년인 주제에 천재 과학자라서 죽은 사람을 이용해 괴물을 만들어 내는 데 성공한다. 버튼 하나만 누르면 그 괴물이 벌떡 일어나게 되는데 아무리 주위를 둘러봐도 다리 한 짝이 없다. 그렇다. 《프랑켄슈타인》에서처럼 나 역시 여러 시체의 각기 다른 부위를 이어서 괴물을 만들어낸 것이다. 꿈에서는 늘 그렇지만, 고민은 금세 사라지고 나는 아무렴 어때 하는 생각으로 버튼을 누른다. 그렇게 해서 깨어난 괴물은 눈을 부라리며 이렇게 외친다.

내 다리 내놔라!

그게 악몽의 시작이었다. 《프랑켄슈타인》을 읽은 후로 나는 매번 비슷한 악몽을 꾸며 새벽에 깨어났다. 프랑켄슈타인 박사가 만들어낸 그 불쌍한 괴물의 잔상은 머릿속에서 절대 지워지지 않았다.

그 악몽에 시달리느라 내가 비쩍 말라가고 말수가

줄어들며 헛소리를 시작했느냐 하면, 그건 아니었다. 어쩌면 그게 아니었기에 지금의 내가 존재하는 걸지도 모르겠다. 나는 악몽에 잠식당해 고통을 받는 대신 그걸 이야기로 승화시키는 쪽을 택했다. 〈전설의 고향〉 속 내 다리 내놔라 귀신과 《프랑켄슈타인》 속 괴물이 뒤섞이며 그때의 내가 생각하기엔 아주 그럴싸한 무서운 이야기 한 편이 떠오른 것이다.

나는 머릿속 이야기를 누군가에게 들려주고 싶어서 몸이 달았다. 어린 동생들 세 명(그중 하나는 갓난아기)을 모아놓고 할 수는 없었다. 나는 친구들을 그 대상으로 골랐다. 순진하기 짝이 없는 친구들, 연쇄살인이니 괴물이니 독살이니 하는 것들과는 담을 쌓고 살아가는 여리기만 한 친구들 앞에서 내 생애 첫 번째 '무서운 이야기'를 펼쳐놓은 것이다. 때는 점심시간이었고 밥을 다 먹은 친구들이 놀러나가려고 할 때 내가 재미있는 이야기를 들려주겠다고 했다. 친구들은 무방비한 상태로 내 주위에 모여 앉았고 나는 지체하지 않고 이야기를 시작했다.

'내 다리 내놔라 귀신'과 '시체로 만든 괴물'을 절반쯤 섞어 놓은 이야기였고 〈전설의 고향〉과 《프랑켄슈타인》의 정서를 골고루 품은 이야기였으며 무엇보다 끝내

주게 무섭고 끔찍한 이야기였다.

내 이야기가 진행됨에 따라 친구들의 표정이 시시각각으로 변하던 그 순간을 똑똑히 기억한다. 무서워서 주먹을 꽉 쥐고 친구들과 끌어안으면서도 끝까지 자리를 뜨지 않던 친구들의 모습도 전부 다 기억한다.

시체로 만든 괴물이 "내 다리 내놔라"라고 외치며 달려오는 클라이맥스에서는 몇 명인가가 비명을 질렀고 여자아이 하나는 눈물을 훌쩍이기도 했다. 아! 그때의 쾌감이란……. 나는 그런 식으로 누군가에게 이야기를 들려주는 것이 얼마나 즐거운 일인지 알아 버렸다. 친구들은 무섭다며 짜증을 내기도 했고 다시는 너랑 안 놀겠다는 충격적인 선언도 했는데, 다음 날이 되어서는 거짓말처럼 다시 몰려들어 새로운 이야기를 요구했다.

"무서운 이야기 다른 건 없어?"

"어제보다 더 무서운 이야기!"

물론 내게는 준비된 이야기가 있었다. 이야기의 짜릿함을 알아버린 이상 새로운 이야기를 생각하지 않고 버티는 건 거의 불가능했고 나는 전날 밤 내내 새로우면서도 더 무서울 만한 다른 이야기를 구상하는 데 시간을 거의 다 보냈다.

그렇게 해서 나는 구미호를 잡기 위해 북극으로(거

기가 어디인지도 몰랐지만) 떠난 스님 이야기를 했고 이번에도 대성공이었다. 구미호와 북극, 그리고 오지랖 넓은 스님의 조합은 어딘지 모르게 아방가르드 했지만 알게 뭔가, 재미있으면 그만인 것을. 아니 끝장나게 무서우면 그만인 것을.

매일 점심때마다 펼쳐지는 무서운 이야기 시간을 통해 단지 공부만 하던 수줍음 많고 조용한 소년은 일약 인기남이 되었다. 자신감도 점점 붙었고 이야기 솜씨는 날이 갈수록 발전했다. 아무리 토해내도 내 이야기의 원천은 마르지 않았다. 그도 그럴 것이 우리 집 다락에는 무서운 이야기의 토대가 될 만한 보물들이 여전히 그득했다. 그때쯤에는 또 다른 보물도 발견했는데 그건 바로 아버지가 모아 놓은 〈리더스 다이제스트〉라는 잡지였다. 거기에는 지금으로 말하자면 도시 괴담 같은 것들이 짧은 이야기로 자주 실렸다. 오호라. 이건 또 새로운 세상이었고 나는 〈전설의 고향〉과 《프랑켄슈타인》, 그리고 도시괴담을 뒤섞은 나만의 기상천외한 무서운 이야기를 지치지도 않고 만들어 내고, 또 만들어 냈다.

어쩌면 그것이 내 인생 최초의 성공이었다. 누군가에게 인정받은 최초의 순간이기도 했다. 그리하여 바야흐로 내 인생 최초의 추리 소설도 초등학교 2학년 때 썼으니 그때가 내 인생의 르네상스였음을 부인할 수가 없다. 그리고 그 모든 것이 〈전설의 고향〉과 《프랑켄슈타인》으로부터 시작되었다는 사실 역시 부인할 수 없다.

'호러'는 처음부터 내게 우호적이었고 나는 그 감정을 통해 해소의 기쁨을 맛봤다. 어쩌면 그때부터 내 운명은 정해진 걸지도 모르겠다고, 마흔이 넘어서야 운명을 믿기 시작한 지금의 나는 조심스레 짐작하고 있다. 하지만 어쨌든 그때는 그저 원석일 뿐이었다. 독서광이긴 해도 호러광이 되려면 한참 남은 시기였다. 나는 그 후로도 숱한 경험을 하고 나서야 진정한 호러, 진짜 무시무시한 공포를 알게 되었고 본격적인 호러광의 길을 걷게 된다. 그리고 그 길은, 짐작하겠지만 그리 순탄하지만은 않았다.

폐가탐험

6학년 때 Y시로 이사를 했다. 내가 초등학생이 되고 나서만 따져도 벌써 여섯 번째 이사였다. 우리 집과 이사는 떼려야 뗄 수 없는 관계였다. 전세 계약이 끝나서, 혹은 좀 더 넓은 방을 찾아서, 그게 아니면 어머니와 아버지의 일거리를 따라서 우리는 그렇게 자주 이사를 했다. 덕분에 나는 매 학년마다 한 번도 본 적이 없는 새로운 친구들을 사귀어야 하는 불가능한 미션을 수행할 수밖에 없었다. 물론 모든 일이 그렇듯 자주 하면 익숙해지는 법. 네 번째 이사를 했을 때, 그러니까 4학년이 되었을 때는 전학생 인사 멘트도 한결 자연스럽고 풍부해져서 친구들에게 대번에 좋은 인상을 남길 정도가 되었다. 그리고 내게는 비장의 카드, 한마디로 말해 필살기가 있었다.

그건 바로 무서운 이야기였다.

무서운 이야기를 싫어하는 초등학생은 없다. 고학년으로 올라갈수록 더 그렇다. 호러 장르에 많은 관심을 가지면서 동시에 열린 자세로 호러 자체를 즐기는 이들은, 역설적이게도 가장 겁이 많은 십대다. 우리나라 공포 영화들이 12세 혹은 15세 관람 등급을 따기 위해 갖은 수를 다 쓰는 데에는 이유가 있다. 학교 앞 문방구에 '세상에서 가장 무서운 이야기' 시리즈가 놓여 있는 데에도 이유가 있다. 학교 도서관에 꽂힌《공포특급》의 표지가 너덜너덜한 데에도 다 이유가 있다. 무서운 이야기에 열광하고 호러 장르에 환장하던 그 호러 꿈나무들은 자라면서 다 어디로 가는 걸까? 죽어라 안 팔리는 호러 소설을 보면(특히 내 소설) 그런 의문을 품게 된다.

아무튼 단시간에 친구들의 호감을 사면서 인기인으로까지 등극하는 데 무서운 이야기만 한 건 없었다.

일단 시작은 가볍게 해야 한다. 무슨 청춘 영화에 나오는 것처럼 교탁 앞으로 달려가 "저기, 내가 이야기 하나 해볼까?"라고 주접을 떨다가는 어딘가 많이 안 좋은 전학생으로 낙인찍히기 딱 좋다.

제일 좋은 건 짝을 공략하는 것이다. 짝이 동작이 크고 감정 표현도 풍부한데다가 소문까지 잘 내면 금상첨화다. 쉬는 시간이 되면 짝에게 학교에 대해 이것저것

묻다가 대뜸 이런 질문을 던진다.

"근데 이 학교에는 전설 같은 거 없어?"

없을 리가 없다. 수위가 존재하는 한, 유관순 열사의 초상화가 붙어 있는 한, 이승복 동상이 세워져 있는 한 학교 전설은 무조건 있다. 내가 그렇게 물으면 백이면 백 이렇게 대답한다.

"있지! 근데 그거 다 알면 죽는대."

"정말? 예전에 내가 다니던 학교엔 전설 백 개를 다 알아서 돌아가신 교장 선생님이 계시거든."

멀쩡하게 살아서 오늘도 불철주야 훈시를 하시는 교장 선생님께는 죄송한 일이지만, 그렇게 밑밥을 던져놓으면 대개 동공이 흔들리거나 마른침을 삼키거나 입을 쩍 벌리거나 하면서 관심을 보인다. 학교 전설 백 개를 다 안다는 것은 대단히 유혹적이면서도 동시에 무서운 일이었다. 그걸 다 알면 죽으니까. 그런데 실제로 그런 사람을 알고 있다니, 그것도 죽은 이가 교장이라는 공식적인 직함을 가진 인물이라니, 어느 초등학생이 그 미끼를 물지 않을 수 있겠는가!

"진짜? 그래서 어떻게 됐는데?"

이쯤 되면 게임은 끝이었다. 나는 예전 학교에서 내려오는 전설 몇 개를 내 식대로 해석해 짧게 들려준다.

구렁이를 죽인 수위 아저씨는 어디에서나 등장하지만 내 이야기 속 수위 아저씨는 뱀 귀신과 장렬한 싸움을 벌이는 전사로 둔갑한다. 이야기는 그런 식으로 변형되고 발전하는 것이다.

쉬는 시간 동안의 짧은 이야기에 감질이 난 짝은 점심시간이 되면 본격적으로 조르기 시작한다. 이야기를 더해 달라고, 무서운 이야기를 듣고 싶다고. 그러다 보면 주위에 아이들이 한두 명씩 모여 든다.

"뭔데? 무서운 이야기?"

"그거 다 거짓말이지?"

"야아. 무서운 이야기 들으면 꿈에 나온단 말이야."

구경꾼들은 제각각이지만 이야기를 듣고 싶다는 열망만은 똑같았고, 나는 어느새 무리의 중심이 되어 무서운 이야기, 그야말로 진짜 무서운 이야기를 시작한다. 매운 맛에 중독성이 있듯 호러도 마찬가지다. 무섭다고 느끼는 그 순간의 짜릿함은 쉽게 잊을 수가 없다. 한 번 무서운 이야기에 빠지면 더 무섭고, 더 기괴하고, 더 섬뜩한 이야기를 찾을 수밖에 없다. 그 말은 결국 내 이야기를 들을 수밖에 없다는 뜻이다.

Y시 외곽에 있는 시골 마을의 작은 학교로 전학을

갔을 때도 나는 무서운 이야기를 할 만반의 준비를 갖춘 상태였다. 6학년이었던 만큼 내 무서운 이야기는 질과 양에서 비약적인 발전을 했다. 그렇게 되기까지 부모님과 친척들의 도움도 컸다. 이야기를 좋아하는 기질은 모두 부모님에게 물려받았다. 두 분 다 타고난 이야기꾼이었고, 각자 대하소설 한 편은 쓸 만한 경험까지 하셨으니 언제나 이야기의 샘이 마르지 않았다. 그런 이야기 중에는 초등학생의 간담을 서늘하게 만드는 괴담도 많았다. 친척들, 특히 고모들이 우리 집에 모일 때면, 그리고 그때가 마침 여름밤이면 어김없이 무서운 이야기가 오갔다. 뭐라고 할까, 그건 참으로 기이하면서도 한편으론 웃긴 광경이기도 했다. 한 방에 아이들과 어른들이 복닥복닥 모여 앉아 마치 대결이라도 하듯 하나씩 이야기보따리를 풀어냈는데 도무지 어디서도 들어본 적 없는 각종 귀신들이 등장했다.

그런 이야기는 밤늦게 시작이 됐기에 동생들은 대개 잠들었지만 나는 아니었다. 졸린 눈을 부비며, 나오려는 하품을 틀어막으며 끝까지 견뎠다. 안부를 주고받고, 서로의 가난을 걱정해주고, 한숨과 한탄이 뒤섞인 이런저런 근황을 나누고 나면 누군가가 이렇게 말했다.

"근데 참 이상한 일이 있었거든."

아니면 이렇게.

"지난번에 내가 해준 그 이야기 기억하지?"

그러면 드디어 시작되는 것이다. 졸음은 물러가고 그 자리를 짜릿한 흥분과 기대감이 채운다.

어른들의 괴담 대행진은 때로는 새벽까지 계속되기도 했다. 그럴 땐 초등학생으로서는 견디기 힘든 피로를 느끼기도 했지만 TV나 책이 주지 못하는 생생한 공포감을 위해서라면 그깟 피로쯤 얼마든지 견뎌낼 수 있었다. 좋아하는 것을 붙잡고 늘어지는 내 근성은 그때 키워졌다.

근성과 더불어 이야기 솜씨도 무럭무럭 자랐고 귀신에 대한 온갖 잡다한 지식도 쌓여갔다. 나는 초등학교 내내 학원 한 번 다니지 않았는데(못 다녔다는 표현이 더 맞겠지만) 그래도 조기 교육 하나만은 착실히 받은 셈이었다. 호러광으로 가는 조기 교육 말이다.

나는 조기 교육을 받은 자만이 지닐 수 있는 자신감으로 새로운 학교의 6학년 교실도 곧 접수했다. 무서운 이야기라고 해봐야 '김민지 괴담'이나 '홍콩 할매 귀신' 정도만 알고 있던 시골 마을의 순진무구한 친구들에게 심장이 벌렁거리고 똥구멍이 조여 오며 염통이 쫄깃해지는 경험을 선사하면서 나는 흐뭇하게 웃었다. 전학 간

학교에는 학년당 두 학급밖에 없었으므로 내 소문은 삽시간에 전교에 퍼졌다. 결국 점심시간이 되면 다른 반 친구들까지 와서 내 이야기를 듣고 갔다.

그런데 문제가 하나 있었다. Y시의 그 시골 마을에는 진짜 공포를 생산해낼 만한 장소가 무척 많았던 것이다. 도시에서는 기껏해야 한밤중의 학교나 으슥한 골목길 정도가 다였는데 이 마을에는 숲도 있고 산도 있고 묘지도 있고 저수지도 있었다. 친구들은 그런 곳을 밥 먹듯 지나다녔고 심지어 밤에 심부름이라도 하려면 가로등 하나 없는 길을 몇 십 분에 걸쳐 왕복해야 했다. 그러니까 이 친구들은 진짜 어둠이 뭔지 알았다. 엄마가 갑자기 두부라도 사오라고 한다면 손전등부터 챙겨야 하는 터프한 세계 속에서 살고 있었기에.

나는 그때까지 숱하게 무서운 이야기를 듣고, 보고, 또 읽었지만 경험한 적은 없었다. 아무래도 진짜 귀신을 볼 기회란 그리 흔하게 오지 않는다. 혹시나 해서 한밤의 학교에 몰래 들어간 적도 있었지만 이승복 동상은 꿈쩍도 안 했고 유관순 열사의 초상화에서 피눈물이 흘러내리는 일도 없었다. 당연히, 미친 수위가 쫓아오지도 않았다.

내 이야기가 재미있기는 했지만 친구들이 곧 심드

렁해진 데는 그런 이유가 있었다. 나는 언제나 "이건 내가 들었던 이야기인데……"라고 시작할 수밖에 없었다. 반면 친구들은 지난밤에 마당 한쪽 구석에 있는 재래식 화장실까지 손전등을 들고 간 이야기를 했다. 솔직히 말하자면 그런 이야기가 몇 배는 더 무서웠다.

내게는 결단이 필요했다. 이대로 그냥 말만 많은 이야기꾼으로 남을 것인가, 아니면 우라지게 무서운 경험을 한 후 삶에서 우러나오는 공포를 전할 것인가. 전자로 남는다 해도 나쁠 건 없었다. 나는 이미 많은 친구를 사귀었고 새로운 학교생활에도 무난하게 적응을 했으니까. (반 친구들이 점심시간에 교실 뒤쪽에 모여앉아 각자 가지고 온 상추며 된장, 고등어조림 같은 것들을 꺼내 다 같이 밥을 먹는 건 여전히 적응하기 힘들었지만.) 그냥 평범한, 그리고 무서운 이야기를 꽤 많이 아는 6학년 소년만으로도 충분한 듯했다. 얼핏 보면 그랬다. 얼핏.

'얼핏'이 아니라 자세히 들여다보면 나는 만족스럽지 않았다. 아니, 그렇다기보다는 자존심이 상했다. 공부는 일등을 안 해도 좋았지만 '공포의 제왕' 자리는 내놓기 싫었다. 그랬기에 나는 자연스레 두 번째 선택지에 관심을 기울였다. 무서운 경험을 하는 것.

앞에서도 말했지만 그 마을에는 호러 영화의 무대로 쓰기에 손색없는 장소가 수두룩했다. 재래식 화장실, 허물어진 우사, 우물(이사한 우리 집에도 있었다), 묘지, 그리고 폐가.

그랬다. 그곳에는 폐가가 있었다. 그것도 마을 한가운데 덩그러니 서 있었다. 그 폐가 마당엔 잡초가 무성했고 반쯤 기울기 시작한 집은 흡사 상처 입은 괴물이 웅크리고 있는 것 같았다. 나는 매일 학교를 오갈 때마다 그 집 앞을 지났는데 뻥 뚫린 창호지 문과 마주치기라도 하면 아침인데도 등골이 서늘했다. 게다가…… 그 집 마당 한쪽 구석에는 항상 시뻘건 핏자국이 스며 있었다. 그곳은 이른바 돼지를 잡는 터였다. 마을 잔치나 무슨 모임 같은 게 있으면 어른들이 돼지를 끌고 와 그 폐가 마당에서 끝장을 냈다. 멱을 따고는 피가 다 빠져나가 죽을 때까지 돼지를 묶어 놓았던 것이다.

나는 수십 번의 고민 끝에 내 공포 체험의 화려한 시작을 마을 폐가에서 하리라 다짐했다. 그것이 얼마나 무모한 결정이고 심각한 실수였는지, 그때는 알 수가 없었다.

결정한 후 친구들에게 폐가에 대해 묻고 다녔다. 어떤 이유로 버려진 집이 됐는지, 무슨 사건이 있었는지 따위를 물었는데 돌아오는 대답은 한결같았다.

"몰라. 그 집은 옛날부터 그랬어."

오호라. 그러니까 마을 토박이인 내 친구들이 모를 정도로 그 폐가의 역사는 제법 오래된 것이었다. 적어도 13년은 넘었다는 소리였다. 그리고 또 하나, 그 누구도 폐가에 가본 적이 없었다. 사실 이게 제일 중요했다. 나는 그 폐가에 처음 깃발을 꽂는 사람이 되고 싶었다. 내가 원한 건 암스트롱이었지 올드린이 아니었다.

폐가는 마을 아이들, 특히 초등학생들에게 공포의 대상이었다. 마을의 어두운 부분 중에서도 가장 진하고 찐득한 어둠을 선사하는 곳이 바로 폐가였고 토박이 친구들도 밤에는 폐가 옆을 지나지 않는 게 암묵적인 규칙이었다.

"거기엔 분명 귀신이 살고 있을 거야."

한 친구가 말했을 때 내 팔뚝에는 소름이 쫙 돋았다. 무서워서가 아니었다. 짜릿함 때문이었다.

폐가 탐험에 대한 내 열망은 점점 커져만 갔다.

그런데 왜 당장 달려가지 않았느냐고?

거기엔 또 다른 사연이 있다.

1988년 서울올림픽 개막식에서 내가 가장 인상적으

로 본 건 단연코 '굴렁쇠 소년'이었다. 나보다도 어린 아이가 넓디넓은 운동장을 굴렁쇠를 굴려가며 달리는 모습은 한동안 내 머릿속에서 떠나지 않았다. 그 후 학교에서는 한동안 굴렁쇠 열풍이 불었는데 나는 굴렁쇠를 굴리면서는 몇 미터 달리지 못했다. 그러면서 어린 마음에도 굴렁쇠 소년이 얼마나 연습했을까 싶어 대단하다는 생각을 했다. 동시에 굴렁쇠 소년이 부럽기도 했다. 연습하고 또 연습한 걸 전 세계 사람들 앞에서 보여주다니, 진짜 끝장나게 멋진 일이었다.

핵심은 여기에 있다. 누군가에게 보여주는 것. 굴렁쇠 소년이 아무리 굴렁쇠를 잘 굴렸다 한들 누가 그걸 봐주지 않았다면 지구 끝까지 굴려봐야 소용이 없는 것이다. 물론 나이가 든 이제는 그냥 그 자체만으로도 대단하고 훌륭한 일이란 사실을 알지만(지구 끝까지 굴렁쇠를 굴린다면 더욱더) 어릴 때는 한 가지 사실에만 집중했다.

누군가가 봐주어야만 의미가 있다.

즉, 내 폐가 탐험도 누군가가 봐주어야 했다. 그냥 내가 갔다 온 걸로는 부족했다. 애거사 크리스티의 애독자로서 말하자면 '목격자'가 필요했던 것이다. 내 무용담을 뒷받침해줄 누군가, 그러면서 초등학교를 졸업하고 읍내에 있는 중학교에 가서도 두고두고 그 이야기를 하면서 감탄해 마지않을 누군가.

그런 적임자는 많지 않았다. 아니, 거의 없었다. 적어도 내가 친하게 지내던 친구들 중에는 폐가에 기꺼이 따라가겠다는 녀석이 한 명도 없었다. 폐가에, 그것도 밤에 가보자고 하자 다들 '왜 그런 미친 짓을' 하느냐는 표정으로 나를 바라봤다. 진지하게 충고해주는 친구도 있었다.

"큰일 나."

큰일.

그게 내가 바라는 것이었다.

나는 차선책을 택할 수밖에 없었다. 이른바 꼬드김이었다. 폐가에 따라가 주면 뽑기를 두 번이나 시켜주겠다는 게 내 제안이었다. 용돈이 거의 없다시피 한 내게 뽑기 두 번은 엄청난 출혈이었다. 그럼에도 친구들은 다 거절했다. 그 폐가는 우정과 뽑기의 유혹마저 뿌리칠 만한 무시무시한 곳이었던 것이다.

그러던 중에 내 레이더에 두 명의 친구가 포착됐다. 친구라기에는 조금 애매한 것이 나는 그 둘과 대화다운 대화를 나눈 적이 거의 없었다. 두 명의 친구는 각각의 반에서 조금씩 겉돌던 녀석들이었다. 성적은 항상 꼴

찌였고 늘 선생님의 표적이 돼 몽둥이찜질을 당하기 일쑤였으며 운동도 잘 못해 다른 친구들과도 별로 어울리질 못했다. 그렇다고 둘이서 같이 다니지도 않았다. 나는 그 두 친구에게 접근했다. 둘 다 내가 생각한 완벽한 목격자 상에 부합하진 않았지만 다급한 건 내 쪽이었고 '증언' 정도라면 그 친구들도 얼마든지 가능해 보였다.

나는 A와 B에게 각각 할 말이 있다고 말한 뒤 운동장 구석에서 같이 만났다. 둘은 무슨 영문인지 몰라 하면서도 기꺼이 나와 주었고 서로를 보고 한 번 놀란 뒤 내 제안을 듣곤 두 번 놀랐다. 그것도 화들짝.

"그, 그 집에?"

A는 더듬더듬 물었고 B는 아예 대답이 없었다.

"그냥 낡고 오래된 집일 뿐이잖아. 거기 한 번 들어갔다 나올 거야. 너희들은 별로 할 거도 없어. 내가 거기 가는 걸 보고만 있어줘."

"그러면 뽑기 두 번이라고?"

B는 그제야 입을 열었다.

나는 고개를 끄덕였다. 뽑기 두 번. 두 명이니까 도합 네 번. 비상금을 탈탈 털어야 할 판이었다.

두 명은 갈등하는 눈치였다. A와 B 중 누구 하나라도 자리를 뜨거나 못 하겠다고 말했으면 판은 엎어졌을 텐데 다행히 그런 일은 없었다. 두 녀석도 알았다. 이것이 꽤 달콤한 유혹이라는 것을. 뽑기를 빼고라도 그 폐가에 다녀왔다는 사실 하나만으로도 단번에 주목을 받을 수 있었다. 내가 노리던 게 바로 그것이었다. 도시에서 전학 온 영악한 소년이 노리던 게 바로 그것이었다. 그리고 두 녀석은 내 노림수에 제대로 반응했다.

"하, 할게."

"같이 가자. 그 대신 약속 지켜야 해."

"좋았어. 그럼 오늘 밤이다."

도시에서 전학 온 영악한 소년은 쇠뿔도 당김에 빼야 한다는 걸 잘 알고 있었고 두 친구에게 생각하고 고민할 틈을 주지 않아야 한다는 것 또한 잘 알고 있었다. 무엇보다, 나는 몸이 달아 있었다. 드디어 그 폐가를 둘러볼 수 있다고 생각하자 마음이 조급해졌다.

그날은 유독 시간이 가지 않았다. 시간은 그야말로 느릿느릿 흘러갔다. 내가 좋아하던 미술 시간도 한없이 지루하게만 느껴졌다. 6교시를 마치고 집으로 달려가 TV를 켜면 당시 초등학생 사이에서 유행하던 〈슈퍼그랑죠〉를 볼 수 있었는데 심지어 그 시간마저 지루했다. 아무리 기다려도 도무지 저녁은 오지 않았다. 그 사이 만반의 준비를 갖추긴 했다. 손전등을 챙겼고, 수첩도 챙겼으며, 무슨 이유인지는 기억나지 않지만 집안 어딘가 굴러다니던 돋보기도 챙겼다.

어쨌든 오매불망 기다리던 밤이 되기는 했다. 저녁을 다 먹고 부모님과 함께 드라마를 보다가 동생들에게 빨리 자라고 괜스레 잔소리를 한 후 나도 자리에 누웠다. 시간은 더럽게 가지 않았다. 나는 말똥말똥한 눈으로 어둠을 바라보며 부모님이 잠드시기만 기다렸다. 약속은 10시였다. 그 마을에서 10시면 거의 모든 사람이 잠드는 시각이었다. 9시 40분쯤 됐을 때 나는 슬그머니 일어났다(내게는 야광 시계가 있었다). 가족 모두 단잠에 빠져 있었다.

다녀올게.

아무것도 모른 채 천진하게 잠든 동생들을 향해 그렇게 말하고 나니 달로 향하는 암스트롱이라도 된 듯한 기분이었다.

나는 행여나 부모님이 깨실까 봐 최대한 소리를 죽인 채 조심조심 집을 나섰다. 우리 집에서 그 폐가까지는 10분도 안 걸렸다. 하지만 불빛 한 점 없는 골목길을 지나는 건 결코 쉽지 않았다. 그렇게 늦게 마을을 돌아다닌 적은 없었다. 주위는 그야말로 칠흑같이 어두웠다. 손전등 불빛이 초라하게 느껴질 정도였다. 자연스레 걸음이 느려졌다. 특히 골목 모퉁이를 돌 때마다 뭔가가 튀어나올 것만 같아 손전등을 먼저 비추고, 고개를 내밀어 슬쩍 살펴본 다음 비로소 걸음을 옮기길 반복했다. 그랬다. 나는 시작부터 겁을 먹고 있었다. 호기롭게 도전하긴 했지만 나는 이 마을의 진정한 어둠조차 제대로 경험해본 적이 없다는 사실을, 폐가를 향해 출발한 직후 뼈저리게 느꼈다. 그래도 물릴 수는 없는 노릇이었다. 도시에서 전학 온 영악한 소년의 계산에 의하면 여기서 내가 물러나면 잃을 게 산더미였다. 겁쟁이라는 꼬리표가 붙는 건 당연한 일이었고.

10분이면 충분할 거리를 결국 20분에 걸쳐 가게 됐고 내가 폐가 앞에 도착했을 땐 정확히 10시가 되었다. 폐가까지 가는 동안 나는 두 가지 상반된 감정에 시달렸다. 친구들이 나와 있었으면 하는 마음, 그리고 둘 다 나와 있지 않았으면 하는 마음. 후자라면 나도 그냥 돌아갈 수 있었다. 모든 걸 물릴 수도 있었다. 폐가 탐험은 잊고 그냥 떠버리 이야기꾼으로만 남는 것이다. 그러나 A와 B는 각각 몇 분 간격을 두고 나타났다. 손전등을 들고서, 살짝 긴장한 표정을 한 채로. 이제 빼도 박도 못하게 되었다.

내가 계산에 넣지 못한 게 하나 있었으니 하필이면 그날 어른들이 돼지를 잡았다는 사실이었다. 그러니까 그 폐가 마당에 아직 죽지 않은 돼지 한 마리가 묶여 있었던 것이다. 멱에서 피를 철철 흘리면서도 모로 누워 숨을 헐떡이고 있는 큼지막한 돼지가 우리를 먼저 맞아주었다.

하아. 도살 직전의 돼지와 폐가라니. 나는 이미 그 조합에서 전의를 상실하고 말았다. 돼지는 죽어가는 동물 특유의 냄새와 함께 분노가 담긴 숨소리로 폐가 탐험의 배경 음악까지 담당하고 있었다. 거기에 더해 폐가는 그날따라 더욱 흉물스러워 보였다. 반쯤 날아간 지붕, 구멍이 뚫린 창호지, 썩어가는 마루, 그리고 어둠. 폐가는 지독하게 어두웠다. 빛이라고는 한 번도 쬐여본 적이 없는 것 같았다. 아니, 아예 어둠 자체를 만들어 내는 듯했다. 이 마을에 깃든 모든 어둠의 근원이 폐가가 아닐까 하는 생각이 들 정도였다.

저기에 들어간다고? 저 어둠 속으로? 썩어서 냄새를 풀풀 풍기는 저 곳으로?

꿀꿀. (넌 갈 수밖에 없어!)

정말로 돼지가 그렇게 말한 것처럼 들렸다. 나는 차라리 꿈이기를 바라며 눈을 한 번 감았다가 떴지만 변한 건 없었다. 폐가도 그대로고 돼지도 그대로고 무엇보다 두 친구도 그대로였다. A와 B는 멀뚱멀뚱 나를 바라보고 있었다. 그러면서 가끔은 돼지와 폐가 쪽으로 고개를 돌리기도 했다. 한동안 침묵이 흘렀다. 세 개의 손전등 불빛이 갈 곳을 잃고 방황했다. 얼마 후 B가 입을 열었다.

"언제 들어갈 거야?"

"응?"

"빨리 갔다 와. 너무 늦게 들어가면 엄마한테 혼나."

엄마가 보고 싶었다.

"나, 나도 아빠한테 혼나."

A가 말했고, 나는 어김없이 아빠까지 보고 싶어졌다.

"가야지. 잠깐 준비운동 좀 하고."

아무 말이나 막 튀어나왔다. 머릿속이 뱅글뱅글 돌았지만 더 이상 미룰 수 없다는 것만은 분명히 알 수 있었다. 움직일 수밖에 없었다. 나는 진짜로 준비운동을 좀 하고(무릎에 손을 대고 빙글빙글 돌렸다) 손전등으로 폐가를 비춘 후 친구들을 돌아봤다.

"그럼 다녀올게."

억지로 웃으며 그렇게 말했는데 A와 B 둘 중 누구도 잡지 않았다. 내심 말려주길 바랐건만……. 둘이서 말렸다면 못 이기는 척 돌아설 준비가 기꺼이 되어 있었건만.

두 친구를 살짝 원망하며 천천히 마당을 지났다. 거의 내 허리 높이까지 자란 잡초들이 바람이 불 때마다 '스스스' 하는 소리를 냈다. 그에 맞춰 돼지가 또 거칠게 숨을 몰아쉬었다. 완벽한 이중주에 더해 내 심장도 쿵쿵 뛰기 시작했다. 갑자기 오줌이 마려웠다. 마당 구석에 딸린, 이 끝장나게 무서운 폐가의 부록과도 같은 재래식 화장실에 잠시 시선이 머물렀지만 과감히 포기했다. 오줌은 폐가를 빛의 속도로 둘러본 후 마찬가지로 빛의 속도로 집으로 달려가서도 얼마든지 눌 수 있었다.

빛의 속도.

중요한 건 그거였다. 밀린 방학숙제를 하듯 단숨에 후딱 해치우는 거.

나는 그럴 결심으로 폐가를 향해 잰걸음으로 다가갔다. 그때였다.

"같이 가."

흠칫 놀라 뒤를 돌아보니 A와 B가 서 있었다.

"왜 그래?"

"저, 저 앞에 우리끼리 서 있는 게 더 무서워."

"돼지가 자꾸 우릴 쳐다봐."

A와 B는 금방이라도 오줌을 지릴 것 같은 표정이었는데 그건 바로 몇 초 전의 내 표정과 매우 흡사했다. 스멀스멀 어둠을 뱉어내는 폐가는 자신의 언저리에 들어온 모두에게 그 영향력을 발휘하는 중이었다. 그것도 아주 맹렬한 기세로. 어쨌든 나로서는 희소식이었다. 저 우라질 폐가에 혼자 가는 것보다는 나았으니까. 아무렴, 백짓장도 맞들면 낫다고 하지 않는가.

"그래. 같이 가자."

나는 기쁜 티를 내지 않으려 애썼다. 결국 세 개의 손전등이 폐가를 비추게 됐고, 그러자 그 진득한 어둠도 조금은 주춤하는 것처럼 보였다. 아! 그게 얼마나 큰 오해였던지…….

우리는 드디어 폐가에 다가갔다. 정체를 알 수 없는 고약한 냄새가 물씬 풍겼다. 제일 먼저 눈에 들어온 건 활짝 열린 안방 문이었다. 나는 그걸 보자마자 개구리 해부 실습 시간을 떠올렸다. 핀셋으로 개구리의 다리를 고정한 뒤 배를 가르던 그 시간. 믿을 수 없을 정도로 얇아서 펄럭펄럭 움직였던 개구리의 열린 배. 그리고 그 안에서 뛰고 있던 빨간 심장. 바람에 펄럭이는 저 안방 문 너머에도 무언가가 살아서 움직이고 있을 것만 같았다.

나는 그런 생각을 지우려고 애쓰며 마루로 올라섰다.

삐이걱.

정말로 그런 소리가 났다. 삐이걱. 고통에 찬 신음 같기도 하고 분노를 애써 참으며 이를 가는 소리 같기도 했다. 뭐가 됐든 소름 돋는다는 사실에는 변함이 없었다. 역시 빛의 속도가 필요했다.

한 번 휙 둘러보고 가는 거야.

나는 다짐했다. A와 B도 딱히 불만은 없을 것 같았다. 그 둘은 내 뒤에 바짝 붙어서 따라오고 있었다. 셋의 손전등 불빛이 한 곳으로 향하는 건 마음에 들었다. 그러니까 어둠과도 제법 맞서 싸울 만했다.

제일 먼저 둘러볼 곳은 개구리 배처럼(이 생각을 안 하려고 애썼다) 활짝 열린 안방이었다. 아무래도 이 어둠의 근원은 그곳인 것 같았고 뭔가가 있다고 한다면 안방일 확률이 제일 커 보였다. 나는 숨을 한 번 고른 후 조심조심 안방으로 들어갔다. 썩은 내가 훅 풍겼다. 안방에는 가구들이 그대로 있었다. 옷장, 책장, 그리고 브라운관이 완전히 깨진 텔레비전. 그 모든 것 위에 족히 한 뼘은 될 만큼 먼지가 쌓여 있었다. 사방에 거미줄 천지였다. 얼굴에 닿는 거미줄을 치울 때마다 그게 거미줄이 아닌 다른 게 아닐까 싶어 소름이 돋았다. 바닥에는 신문도 쌓여 있었는데 이유는 모르겠지만 푹 젖어 있었다.

"으악!"

A가 갑자기 비명을 지르는 바람에 나도 화들짝 놀랐다.

"뭐야?"

"저, 저거."

A의 손전등 불빛이 가리킨 것은 액자였다. 가족사진 액자. 유리에 금이 간 그 액자 속에는 다섯 명의 가족이 있었다. 모두 웃는 얼굴이었는데 거기에 불빛이 비치자 마치 눈을 반짝이며 우리를 노려보는 것처럼 보였다.

"저건 그냥 사진이야."

진짜 살아 있는 게 아니라고.

B는 그 사이 안방에서 부엌으로 바로 통하는 쪽문을 발견해 나를 기다리고 있었다. 네가 먼저 들어가야지, 그런 눈빛을 하고선.

나는 친절하고 사려 깊은 B에게 감사를 표하는 대신 손전등으로 먼저 부엌을 비춰봤다. 거기 바닥에는 물이 고여 있었다(성인이 된 후 몇 번 더 흉가체험을 했는데 공통적으로 버려진 집에는 습기와 물이 가득했다). 물은 검게 번들거렸고 내려오기만 하면 너의 그 얇은 발목을 마음껏

핥아주겠노라고 벼르는 것 같았다. 그래서 안 내려갔다. 좁은 부엌은 한 번 둘러보는 것으로도 충분했다. B도 굳이 이의를 제기하지 않았다.

다음은 작은 방 차례였다. 그게 이 우라질 폐가 탐험의 마지막 코스였다. 거기만 휙 둘러보면 된다는 생각에 비로소 기쁨이 차올랐다. 그때쯤에는 나도 어느 정도 평정심을 찾아가고 있었다. 역시 귀신같은 건 없었다. 있는 것이라곤 썩어가는 나무와 고인 물과 주인을 잃은 가족사진이 전부였다. 그래도 잘만 각색한다면 무용담으로는 손색이 없을 것 같았다.

작은 방은 문이 닫혀 있었다. 창호지도 비교적 멀쩡했다. 거기는 워낙 좁아 보였기에 내가 귀신이었다 해도 작은 방을 선택할 것 같지는 않았다. 나는 과감히 문을 열었다. 그 순간 어둠 속에서 무언가가 튀어나왔다.

나는 이사를 워낙 자주 해서 집에 대한 애착이 별로 없었다. 나에게 집은 곧 이사 갈 집, 아니면 언젠가 이사 갈 집 딱 두 개로 나뉘었다. 6학년쯤 돼서는 집이 있다는 사실만으로도 감사했다. 단칸방이든 아파트든 상관없었다. 다른 사람들의 주거 형태에도 그다지 관심이 없었는데, 다른 집은 왜 이사를 자주 가지 않는지는 궁금해했던 건 같다. 그리고 또 하나. 나는 저 많은 비둘기들의 집은 도대체 어디인가, 그걸 궁금해했다. 낮에는 뻔질나게 보이던 놈들이 밤이 되면 싹 사라지니 어딘가 집이 있는 건 분명한데 도대체 쟤들은 어디서 자는 건지가 정말 궁금했다. 그런 내용은 책에도 나오지 않았다.

그날 밤, 나는 오래도록 품고 있던 그 궁금증의 해답을 얻을 수 있었다. 가장 충격적인 방법으로.

문을 열자마자 튀어나온 건 비둘기 떼였다. 수많은 비둘기들이 자신들의 잠을 깨운 불청객을 향해 날아왔다. 새까만 어둠 속에서 눈을 번득이며. 푸드덕, 푸드덕 정신없이 날갯짓을 하며.

"으악!"

나는 비명을 질렀다. 태어나서 그런 고음을 발사한 건 그때가 처음이었다. 나는 '노래 부르기' 수업에서 항상 나쁜 점수를 받았는데 그건 '라' 이상 올라가지 않는 내 우라질 노래 실력 때문이었다. 그 자리에 만약 선생님이 계셨다면 '라'는 물론이고 '시'를 넘어 '도'까지 돌파한 내 고음에 분명 후한 점수를 주셨을 것이다. 고음 기록을 갱신하기는 두 친구도 마찬가지였다. 한참 후에야, 그러니까 우리가 폐가를 떠나고 숨을 좀 고를 수 있게 되었을 때야 그것이 비둘기라는 걸 깨달았지 그 순간에는 솔직히 뭔지도 몰랐다. 왜 아니겠는가? 우리는 제정신이 아니었다. 장담하건데 그 상황에서 냉정을 유지할 수 있는 사람은 없었을 것이다. 심지어 우리는 초등학교 6학년이었다. 나는 겨드랑이에 털도 안 났을 때였다. 빌어먹을 그것들이 지옥에서 날아온 가고일이거나 드라큘라 백작이 부리는 흡혈 박쥐라고 생각한 것도 그래서 이상한 일이 아니었다.

"으악!"

우리는 계속 비명을 지르면서 뒷걸음질 치다가 서로 엉키면서 넘어졌고 그 바람에 더 크게 비명을 질렀는데 지옥의 가고일, 아니 비둘기들은 그때까지도 다 빠져나오지 않았다. 심지어 몇 마리는 겁에 질린 우리 머리 위를 선회비행하기도 했다.

나는 벌떡 일어나서는 냅다 뛰었다. A와 B도 마찬가지였다. 심지어 나보다 빨랐다. B는 벌써 마당을 달리고 있었고 A는 막 마루에서 몸을 날리는 중이었다. 그리고 나는…… 나는…… 뛰려던 동작 그대로 딱 얼어붙었다.

뭔가가 내 발목을 붙들고 있었다.

그것은 필시 폐가에서 억울하게 죽어간 귀신의 앙상하고 차디찬 손일 거라고 나는 확신했다.

공포는 확신에서 온다. 긴가민가할 때는 그다지 두렵지 않다. 무언가를 확고히 믿게 되었을 때 비로소 공포는 찾아온다. 그것이 그릇된 확신일수록 공포는 커진다.

나는 이제 죽었다고 생각했다. 확고하게 믿었다. 귀신이 곧 내 몸을 더듬고 올라올 거라고, 그러곤 차가운 죽음의 입김을 내 귀에 불어넣을 거라고 확신했다. 다시 비명이 터졌는데 그때는 어느 정도 울음기도 섞여 있었다. 나는 두 친구를 향해 외쳤다.

"살려줘! 귀신이 내 발을 잡고 있어."

그날 밤의 또 다른 그릇된 확신 하나.

나는 A와 B가 도망칠 것이라 생각했다. 나를 버려두고, 이 무섭고 어두운 폐가에서 귀신과 단둘이 오붓한 시간을 보낼 수 있도록 기회를 마련해주고는 꽁무니가 빠져라 도망칠 거라 확신했다. 나라면 그랬을 것이다. 뽑기 두 번에 목숨을 걸 수는 없으니까. 암, 그렇고말고.

두 친구는 되돌아왔다. 돼지 근처까지 도망쳤던 B는 쏜살같이 달려서 마루 위로 올라왔다. A는 앞으로 뻗은 내 손을 잡고 끌어당기기 시작했다.

"귀신이 잡고 있어! 귀신이 잡고 있어!"

나는 그 말만 되풀이했던 것 같다.

"귀신 아니야!"

B가 외쳤다.

"구멍에 발이 끼었어."

B가 무슨 말을 하는지 머릿속에 하나도 들어오지 않았지만 그 침착한 말투와 목소리만은 집 나간 내 정신에 와닿았다. 곧 진짜 귀신이 있다면 B가 저렇게 차분하게 말할 수 없다는, 나름의 이성적인 생각도 들기 시작했다.

"발을 빼봐. 천천히."

그제야 B가 무슨 말을 하는지 이해했다. 나는 아래를 내려다봤다. B의 손전등이 비추는 곳에 마루의 갈라진 틈이 있었고 내 신발이 거기 꽉 끼어 있었다. 귀신은 없었다. 다만 그 갈라진 틈마저 귀신이 파놓은 함정처럼 느껴지긴 했다.

나는 B와 A의 도움을 받아 가까스로 발을 빼고는 그대로 마당을 가로질러 폐가의 다 떨어져 나간 문까지 달렸다. 거기까지가 한계였다. 나는 무릎에 힘이 빠져 완전히 주저앉았고 뒤따라온 두 친구 역시 마찬가지였다. 우리는 낙지의 그것처럼 흐물흐물 변해버린 다리를 어쩌지 못하고 그 흙바닥에 앉은 채 폐가를 돌아봤다. 지붕 한쪽이 허물어지기 시작한 그 집, 곰팡이와 습기가 가득하고 밤보다도 훨씬 짙은 어둠이 깃든 그 집을 한참 바라봤다. 하늘에는 초승달인지 상현달인지, 아무튼 누가 한 입 베어 문 것 같은 달이 떠 있었다. 미처 날아가지 못한 흡혈 박쥐, 아니 비둘기 몇 마리가 마루에 앉아서는 우리를 원망스럽게 노려봤다.

"큰일 날 뻔했다."

내가 그렇게 중얼거리자 A가 웃기 시작했다. 나는 녀석을 돌아봤다. A가 웃자 B도 피식거렸다. 두 친구가 미친 게 아닐까 생각하면서 나도 웃었다. 그냥 웃음이 나왔다. 모든 게 다 겁나게 웃겼다. 진짜 무서운 순간이 지나가고 나면, 그래서 모든 감정을 다 연소시키고 나면 남는 것은 순도 높은 웃음과 안도감이라는 사실을 깨달았다. 심장은 여전히 벌렁거리고 마구 돋아난 소름 역시 채 사라지지 않았지만 우리들은 알았다. 우리는 무사하다는 사실을.

웃기를 멈추고 간신히 일어나서 집으로 돌아가려는 순간이 되어서야 내 손전등을 폐가 어딘가에 떨어뜨렸다는 사실을 알아챘다. 하지만 다시 찾으러 가지는 않았다. 그 정도로 미련하지는 않았다. 덕분에 한동안 우리 집에서는 밤에 화장실에 가려면 적잖이 고생해야 했지만 곧 새로운 손전등이 생겼다. 우리 집에도 그 정도 돈은 있었다.

그날 이후 두 친구와는 부쩍 친해졌다. 영화나 드라마로 찍으면 딱 좋을, 그 후로 셋이 뜨거운 우정을 오래오래 나누었다는 엔딩이었다면 더 좋았겠지만 그 정도까지는 아니었다. 심지어 나는 폐가에 갔던 사실을 떠벌리고 다니지도 않았다. 그건 A와 B도 그랬다. 무슨 이유였는지는 정확히 기억나지 않지만 그날의 어둠과 냄새와 비둘기와 내 발목을 잡았던 고약한 마루의 틈을 설명하기에는 내 말솜씨가 충분하지 않다고 스스로 생각한 것 같다. 대신에 나는 그날의 경험을 떠올리며 훗날 여러 편의 소설을 썼다. 소설 속에서 어둠을 묘사해야 하는 순간이 오면 어김없이 그 폐가를 생각했다. 그렇게 따지면 밑지는 장사는 아니었다.

그 일이 있고 나서 며칠 후 나는 A와 B에게 뽑기를 시켜줬다. 네 번 다 꽝이었다. 우리는 딱히 아쉬워하지 않고 문방구에서 받은 사탕을 사이좋게 나눠 먹었다. 그때 B가 했던 말을 나는 아직 기억한다.

"무섭다고 생각하니까 무서웠던 거야."

맞다. 귀신의 손이라고 생각하니까 무서웠던 거다. 그곳이 귀신 나오는 집이라고 생각하니 그토록 두려웠던 거다. 상상은 곧 생각을 지배하고 생각은 언제나 행동을 조정한다. 그걸 역순으로 좇아가면 끝내주는 상상력만 있으면 세상에 못할 게 없다는 말이 된다. 나는 그런 상상력을 가지고 싶었다. 그중에서도 누군가를 오싹하게 만들고 겁에 질리게 만들어줄 그런 상상력이 있었으면 했다. 그런 오싹함 뒤에는 속 시원하게 웃을 수 있는 순간이 있다는 걸 많은 사람들에게 알려주고 싶었다.

하지만 그날 이후 친구들과 무서운 이야기를 나눌 기회는 점점 더 줄어들었다. 당시 우리 읍에서 중학교에 진학하려면 시험을 쳐야 했다. 성적이 좋지 못하면 중학교에 진학하지 못할 수도 있었다. 6학년 2학기가 되자 모두 수험생이 되어 열심히 공부하거나 열심히 공부하는 척을 했다. 나는 전자였다. 그렇다고 해서 내 호러광의 피가 잠잠해진 것은 결코 아니다. 세상에 무서운 일은 널리고 널렸다. 꼭 폐가에 가지 않더라도 말이다. 공부하는 틈틈이 소설을 읽고 토요명화를 봤다. 그리고 그때쯤부터 나는 좀 아프기 시작했다.

그 시절 괴담들과 성장통

나는 우수한 성적으로 중학교에 진학했다. 무려 전교 1등이었다. '아니! 세상에 이런 일이'까지는 아니었고 작은 기적과 소소한 운이 작용해 좋은 결과를 맞이했는데 덕분에 입학하자마자 선생님들의 기대를 한 몸에 받게 되었다. 그건 꽤 피곤한 일이었다. 나는 그저 중학교 도서관에 틀어박혀(그때는 그 도서관이 너무나 크게 보였다) 온갖 재미있는 소설들을 읽으며 하루를 보내고 싶을 뿐이었다. 1등을 하는 것도, 반장을 하는 것도 관심이 없었다(나는 1학년 1학기에 반장이 되고 말았다).

중학교 도서관은 또 다른 보물 창고였다. 내 기억으로는 소설, 그중에서도 내가 좋아할 만한 소설들이 잔뜩 있었다. 아무래도 도서관 담당 선생님의 취향이 그쪽이었던 게 아닐까 싶다. 러브크래프트를 처음 만난 곳도 중학교 도서관이었다. 당시에는 러브크래프트가 무척 어려웠다. 그것보다는 더 직관적이고 오싹한 이야기가 좋았다. 헨리 제임스의 《나사의 회전》은 마음에 들었다. 나는 거의 매일 도서관에 들러 구석구석을 탐험했다. 호러광의 구미를 당길 만한 책을 찾고 찾아서.

그러다가 운명처럼 만난 책이 있었으니 이름하여 《세계의 불가사의》였다. 정확한 제목은 기억나지 않지만 아무튼 '세계'와 '불가사의'라는 단어는 들어갔다. 그거면 충분했다. 아니, 중학교 1학년의 호기심을 자극하기에 그것만큼 알맞은 단어들이 어디 있겠는가.

책은 제법 두꺼웠고 과연 불가사의를 잔뜩 담고 있을 것만 같았다. 도서 카드가 몇 장이나 들어 있는 걸로 봐서 나 말고도 이 매력적인 책을 선택한 사람이 꽤 된다는 사실도 알 수 있었다. 나는 그 무거운 책을 가방에 넣고 집으로 달려왔다. 도서관에서 제법 시간을 보내기도 했거니와 봄의 낮은 짧기 마련이라 내가 집으로 돌아갈 즈음에는 노을이 지고 있었다.

나는 버스에서 내려 우리 집으로 이어지는 완만한 오르막길을 걸었다. 그 오르막길 끝에는 아파트가 있었다. 그렇다. 그때 드디어 우리도 아파트에 살게 되었다. 재래식 화장실이 있는 옛날 집과 아파트는 개천 하나를 사이에 두고 있었다. 아파트 옥상에서 내려다보면 내 혼을 쏙 빼놓았던 폐가가 눈에 들어왔다(그 폐가는 우리가 또 다시 이사를 한 후 몇 년 뒤 허물어졌다고 한다). 단지 개천 하나를 건넜을 뿐인데 완전히 다른 환경에 놓이게 된 것이다. 당연한 말이지만 나는 아파트가 좋았다. 하지만 뭔가가 조금 불편했다. 겉으로는 아무 문제가 없었지만 나를 지지하고 있던 내면의 축대가 약간 뒤틀린 것 같았다. 또 다른 이사와 중학교 진학까지, 급격한 환경 변화 때문이었으리라 지금에 와서 짐작하지만 그때는 뭐가 문제인지 당최 알 수 없었다. 아무튼 어딘가가 안 좋았고 나는 자주 아팠다.

그날도 그랬다. 《세계의 불가사의》를 빌려오던 날도 몸이 으슬으슬하고 머리가 쿡쿡 쑤셨다. 학교에서 마을로 들어오는 버스에 타고 있을 때는 그래도 견딜 만했는데 오르막을 걷다 보니 점점 상태가 안 좋아졌다. 처음에는 달렸다가 이내 걷는 걸로 바뀌었고 그마저도 아주 천천히 걷게 되었다. 다리를 들어올리기가 힘들었다. 내 몸에서 무언가 심상치 않은 일이 벌어지고 있다는 걸 알 수 있었다. 그때였다. 뒤쪽에서 누군가가 나를 부른 것은.

얘.

분명 그렇게 불렀다. 경상도에서 얘는 낯선 단어였다. 그 간질간질한 단어에 익숙해지는 건 취직을 한 내가 서울에 올라와 제법 생활을 하고 나서인 먼 미래의 일이다. 장담하건데, 아마 그때가 '얘'라는 단어를 처음 들은 순간이었을 것이다.

나는 뒤를 돌아봤다. 그 간단한 동작을 하는 것만으로도 머리가 울렸다. 두통은 '국국'에서 '쿵쿵' 단계로 넘어가려 하고 있었다.

낯선 아주머니가 서 있었다. 무슨 옷을 입었는지 기억나지 않지만 입술이 아주 빨갰다는 것은 똑똑히 생각난다. 그리고 그림자가 길었다. 해질 무렵이면 으레 그림자가 길어지곤 하지만 그 아주머니의 그림자는 유독 긴 것 같았다. 나는 두통 때문에 얼굴을 찡그린 채로 아주머니를 바라봤다. 이 마을 사람이 아니구나, 그런 생각을 했다.

"○○국민학교가 어디니?"

○○국민학교는 내가 졸업한 학교였다. 그 오르막길에서 걸으면 15분도 안 걸렸다.

"저기……."

나는 학교가 있는 쪽을 가리키려고 하다가 멈칫했

다. 느낌이 안 좋았다. 속이 조금 울렁거렸고 열도 나는 것 같았다. 그런데도 놀랍도록 추웠다. 두 치수나 크게 산 교복 재킷 사이로 한기가 마구 밀려들었다. 아주머니는 서울말을 쓰고 있었다. 아주 친절한 표정으로 나를 향해 웃었지만 나는 조금도 반갑지 않았다.

나는 작년 이맘때쯤 온 나라를 떠들썩하게 만든 사건을 기억하고 있었다. 대구에 살던 다섯 명의 학생들이 산으로 도롱뇽 알을 채집하러 갔다가 실종된 사건. 이른바 '개구리 소년 실종사건'. 그 사건과 관련된 무수히 많은 괴담들을 비슷한 또래였던 내가 흘려들을 리 없었다. 그것 중에는 누군가가 아이들을 납치해 서울에서 앵벌이를 시키는 중이라는 괴담도 있었다.

"어디니? 내가 거기 볼 일이 있어서."

아주머니는 매끄럽고 부드러운 서울말로 다시 한 번 물었는데, 그 짧은 순간 내 머릿속에는 이미 여러 개의 괴담이 스치고 지나갔다.

당시 우리를 떨게 만들던 존재는 '빨간 마스크'와 '홍콩 할매 귀신'이었다. 예쁘냐고 묻고 다니는 마스크 쓴 여자나, 홍콩행 비행기에서 고양이와 같이 떨어져 영혼이 합쳐졌다는 할머니 귀신이나 무섭기는 매한가지였다. 무섭기는 매한가지였기 때문에 나는 그 이야기들을 좋아했다. 빨간 마스크와 홍콩 할매 귀신이 진짜로 있다고 믿는 친구도 많았다. 나는 어느 쪽이었느냐 하면 있었으면 좋겠다는 쪽이었다. 친구의 친구의 친구가, 혹은 아는 사람의 아는 사람의 아는 형이나 누나가 그 두 존재 중 하나를 봤다는 몇 다리 건너 목격담은 차고 넘쳤다. 하지만 직접 본 사람은 아무도 없었다. 물론 이야기를 지어내는 친구는 있었다. 어젯밤에 홍콩 할매 귀신을 만났는데 손가락으로 십자가를 만들어 간신히 도망쳤다는 이야기. 물론 나는 믿지 않았다. 타짜는 타짜를 알아보는 법. 영악한 떠버리 꼬맹이가 보기에 그런 이야기는 허술하고 시시하기 짝이 없었다.

빨간 마스크와 홍콩 할매 귀신이 유독 인기를 끈 건 그 안에 또래의 아이들이라면 무서워할 만한 모든 요소가 들어가 있었기 때문이다. 일단 그 둘은 늦게 다니는 아이들을 목표로 삼았다. 부모의 보호 아래 놓이지 못한 상태로 해질 무렵의 동네를 서성이는 아이들. 혹은 부모의 말을 듣지 않고 늦게까지 노는 아이들. 게다가 〈전설의 고향〉 속 귀신들과 달리 그 둘은 우리의 일상적인 생활공간에 거침없이 침투했다. 익숙한 하굣길, 집에서 얼마 떨어지지 않은 골목, 그리고 놀이터. 어려운 질문을 한다는 것도 공포심을 자극하기에 충분했다. 난처하고 난해하기 짝이 없는 그 질문을 통과하지 못하면 살아 돌아갈 수 없다는 점은 시험에 벌벌 떨던 우리들이 경기를 일으키기에 딱 좋은 설정이었다. 그리고 무엇보다 단순히 귀신을 만나는 것에서 그치지 않고 그야말로 납치되어 죽게 된다는 그 지점이 무서웠다.

인신매매와 유괴 사건이 곧잘 일어나던 때였다. 늦게 다니고 말 안 들으면 나쁜 사람에게 잡혀간다는 어른들의 으름장이 현실의 괴물로 나타난 것, 그게 바로 빨간 마스크와 홍콩 할매 귀신이었다. 두 이야기는 개구리 소년 실종사건이 일어난 후로 단순한 괴담이 아닌 일종의 경고 메시지가 됐다.

나는 좀 그럴싸한 목격담을 만들어낼 수 없을까 고민하며 빨간 마스크와 홍콩 할매 귀신 이야기를 파고들었다. 이야기꾼으로서의 욕심이 생긴 것이다. 그 두 존재는 아주 살짝만 비틀어도 효과가 클 것 같았다. 또래의 아이들을 벌벌 떨게 만들기에 빨간 마스크와 홍콩 할매 귀신만큼 좋은 소재는 없었다.

그러던 사이 중학생이 되었고 이런저런 이유로 관심 아닌 관심을 받게 되었으며 자주 아프기까지 해 두 존재에 대한 내 열정은 자연히 사그라졌다. 그러던 참에 바로 그 아주머니를 만난 것이다.

아주머니가 빨간 마스크나 홍콩 할매 귀신이라는 생각은 하지 않았다. 아무리 상상력 풍부한 중학생이었다 해도 그런 것쯤은 구별할 수 있었다. 일단 아주머니는 빨간 마스크를 쓰지도 않았고 고양이처럼 말끝마다 그르렁거리지도 않았다. 다만 서울말을 쓸 뿐이었다. 그런데 그게 께름칙했다. 짧게 자른 머리카락 한 올이 등 뒤로 들어가 콕콕 찔러대는 것 같았다. 생각해 보니 이 오르막길에서 학교를 찾는 것도 이상했다.

"얘."

아주머니가 다시 한 번 불렀고 나는 재빨리 이야기 하나를 만들어 냈다. 어쨌든 그게 내가 제일 잘하는 일이었으니까.

"저기서 버스 타신 다음에, 그러니까 길 건너지 말고 버스 타셔서 세계상점 앞에서 내리면 학교가 바로 보일 거예요."

길을 건너지 않고 버스를 타면 우리 마을을 벗어나게 된다. 더군다나 세계상점 같은 건 있지도 않았다. 가방 속에 들어 있던 《세계의 불가사의》가 생각나 즉석에서 만들어낸 가게였다.

"이상하다. 여기 근처라고 했는데…… 어쨌든 고마워."

아주머니는 고개를 갸우뚱하면서 몸을 돌렸다. 긴 그림자가 따라 움직였다. 나는 아주머니가 버스 정류장 쪽으로 향하는 걸 보면서 슬금슬금 뒷걸음질 쳤다. 처음에는 천천히 걷는 수준이었다가 점점 잰걸음이 되었다. 몸을 돌려 걷지 않았던 건 내 얕은 수를 깨달은 아주머니가 기다란 손톱을 세우고 날 선 가위를 들고 나를 향해 달려오지 않을까 하는 염려 때문이었다.

그런 일은 없었지만 나는 충분히 거리가 벌어졌다고 생각한 순간부터 몸을 돌려 아파트를 향해 달리기 시작했다. 운동회 때 달리기를 하면 끝에서 두 번째가 당연한 나였지만 그 순간만큼은 누구보다 빨랐다고 자신 있게 말할 수 있다. 얼마나 빨랐는가 하면 중학교에 들어가느라 짧게 민 머리카락이 휙휙 날릴 정도였다. 물론 거짓말을 조금 보태서.

그때의 몇 가지 느낌을 아직 기억한다. 앞으로 내달릴 때마다 가방 속의 《세계의 불가사의》가 덜그럭거리며 존재감을 알렸고, 많이 낡은 리복 운동화(짝퉁이었다)의 밑창이 찍찍 소리를 냈으며, 내 심장은 입 밖으로 튀어나올 듯 펄떡펄떡 뛰었다.

나는 한참을 걸어 올라가야 하는 그 길을 단숨에 주파한 뒤 아파트 단지 입구에 있던 슈퍼마켓에 다다라서야 멈춰 섰다. 그러고는 거칠게 숨을 몰아쉬었고 머리가 하나도 안 아프다는 사실에 놀라워했다. 온몸을 무지근하게 누르고 있던 아픔들이 오르막길 어딘가에서 나를 따라잡지 못하고 뒤처진 게 아닐까 싶었다. 그러지 않고서야 이렇게 몸이 가벼울 리 없었다. 나는 아주머니가 따라오지는 않는지 확인하는 걸 잊지 않고 우리 집으로 향했다.

그리고 그날 밤부터 엄청 앓았다.

머리, 어깨, 무릎, 발, 무릎, 발, 아프지 않은 곳이 한군데도 없었다. 아버지는 종종 삭신이 쑤신다는 표현을 하셨는데 그게 무슨 말인지 알 것 같았다. 삭신이 쑤셨다. 그중에서도 최악은 두통이었다. 나는 지금까지도 신경성 두통을 달고 사는데 아마 그 시작이 바로 그날이 아니었을까 싶다. 두통은 머리에다 나사 몇 개를 박아 넣은 뒤 드라이버를 사용해 그걸 끝까지 돌리는 식으로 찾아왔다. 처음에는 쾅! 쾅! 쾅! 그러고 난 뒤 꾸우욱! 꾸우욱! 문제는 그게 끊임없이 반복된다는 데 있었다. 나는 당시만 해도 만병통치약인 줄 알았던 아스피린을 먹고 자리에 누웠지만(또 하나의 만병통치약은 정로환이었다) 도무지 잠을 이룰 수가 없었다. 그만큼 아팠다. 그러다가 새벽이 되어서야 설핏 선잠에 빠져들었는데 어김없이 악몽을 꾸고 말았다.

꿈속에 그 아주머니가 나타났다. 나타나서는 "얘" 하고 불렀다. 처음에는 아주머니의 모습이었지만 겁에 질린 내가 바라보는 사이 빨간색 마스크가 스윽 생기더니 고양이의 그것 같은 긴 손톱도 돋아났다. 대개의 악몽이 그렇듯 나는 꼼짝도 할 수 없었다. 그야말로 고양이 앞의 쥐 신세였다. 빨간 마스크이기도 하고 홍콩 할매 귀신이기도 한 아주머니는 매끄러운 서울말로 이렇게 속삭였다.

"1등을 놓치면 내가 잡아갈 거야."

그 뒤로 몇 마디 더 끔찍한 말이 이어졌지만 뚜렷하게 생각나는 건 저 문장이었다. 1등을 놓치면 잡아간다는 말. 내가 뭐라고 했는지는 기억나지 않는다. 그냥 울었던 것 같기도 하고 꿈속에서도 그럴싸한 이야기를 생각해내 위기를 모면한 것 같기도 하다. 확실한 건 우라지게 무서웠다는 사실이다. 그렇게 무서운 꿈을 꾼 건 그때가 처음이었다.

초등학교 때는 그냥 공부가 재미있었다. 딱히 열심히 하지 않아도 늘 성적이 잘 나왔다. 특히 국어는 항상 만점이었다. 음악 실기가 아슬아슬하긴 했지만 그래도 항상 '올수'를 받았다. 공부에 대한 압박은 별로 없었다.

그러다가 덜컥 중학교 입학시험에서 전교 1등을 해버리면서 나는 큰 부담감을 안게 되었다. 하필이면 그때 부모님은 아파트 단지 안에서 피아노 학원 겸 작은 공부방을 운영하시게 됐다. 학원 집 장남으로서 공부를 잘해야 한다는 걸 나는 본능적으로 알고 있었다. 그 부담감과 중압감을 견디기에 중학교 1학년의 마음은 너무 연약했다. 아니, 어쩌면 내가 약했던 걸지도 모르겠다. 호러 소설을 써오며 알게 된 것 중 하나는 약한 마음을 가진 사람일수록 공포에 대한 면역력이 높다는 사실이다. 특히 자신이 약하다는 사실을 잘 아는 사람들은 공포에 대한 대처가 유연하다. 내가 어릴 때부터 무서운 것에 끌리던 이유도 거기에 있었는지 모르겠다.

아무리 무서운 악몽이라도 언젠가는 깨기 마련이다. 달콤한 꿈도 마찬가지. 나는 꿈에서 깨어났고 야광 시계로 시간을 확인했다. 새벽 3시쯤이었는데 온몸이 땀으로 흠뻑 젖어 있었다. 그리고 나른했다. 삭신을 쑤셔대던 통증이 조금 사라졌다. 내 머리에 쉴 새 없이 나사를 박아대던 부지런한 손길도 잠시 쉬는 중이었다. 어쩌면 만병통치약의 약효가 나타난 걸지도 몰랐다. 아무튼 시간을 확인한 그 즉시 다시 잠들기는 힘들다는 걸 깨달았다. 나는 동생이 깰까봐 살금살금 일어나서는 가방에서 《세계의 불가사의》를 꺼내 거실로 나갔다. 그러고는 작은 불을 켜놓고 그 책을 읽어 내려갔다.

과연, 세상에는 불가사의한 일이 많았다. UFO는 말할 것도 없고 버뮤다 삼각지대며 네스 호의 괴물 같은 것들은 그야말로 신기하고 한편으로는 섬뜩했다. 설인은 또 어떤가. 도플갱어는. 자연발화는. 여러 가지 초능력에 대해서도, 그리고 유령선 메리 셀러스트 호에 대해서도 《세계의 불가사의》를 통해 처음 알게 됐다. 그 수많은 불가사의 중 나를 가장 매혹시킨 건 뭐니 뭐니 해도 '고스트 헌터' 즉, '유령 사냥꾼'이었다. 세상에 이런 직업이 있다니! 각종 신기한 기계를 가지고 유령을 찾아다니는 사람들의 이야기는 내 혼을 쏙 빼놓았다.

이거다!

나는 그렇게 생각했다. 나도 유령 사냥꾼이 되겠다고.

내가 좋아하는 일을 하면서 돈까지 벌 수 있다니, 이건 완전히 땡 잡은 거 아닌가! 그때까지만 해도 장래희망이 뭐냐고 물으면 막연히 선생님이나 과학자라고 대답했는데 이제는 확고한 꿈이 생겼다는 생각에 흡족하기까지 했다. 유령 사냥꾼이 된다면 진짜 빨간 마스크와 홍콩 할매 귀신을 찾아 전 세계를 돌아다닐 수도 있겠다 싶었다. 어디 그뿐이랴. 드라큘라도 만나고, 늑대인간도 만나고, 런던의 유령들도 만나볼 수 있을 것 같았다. 문제는 유령 사냥꾼도 꽤 공부를 잘해야 하는 듯하다는 사실이었다. 적외선이 어떻고 주파수가 어떻고 하는 걸 보니 그런 게 분명했다. 그 사실을 깨닫고는 작게 한숨을 쉬었다. 내가 청소년 소설 속 주인공이었다면 유령 사냥꾼이라는 원대한 꿈을 향해 열심히 공부를 하겠노라 다짐하며 끝났겠지만 현실의 나는 그렇지 않았다. 일단은 평범하게 살아야겠다, 뭐 그런 비슷한 생각을 하며 마음을 접은 것이다. 하지만 마음 한구석에는 그 환상적인 직업에 대한, 그야말로 환상을 계속해서 품고 있었다. 막연히, 그래도 언젠가는 유령 사냥꾼이 될지도 모르겠다는 생각을 한 듯하다. 그래서 뭐가 달라졌느냐고 묻는다면, 부담감과 중압감을 조금은 덜 수 있었다. 사춘기 시절의 십대는 작은 희망 하나에도 안정감을 찾는 법이니까. 마치 그날의 내가 아스피린 한 알로 그 통증을 이겨냈던 것처럼.

아침이 되자 거짓말처럼 상태가 좋아진 나는 학교로 향했다. 《세계의 불가사의》를 들고서. 나는 그 책을 대출 기한이 될 때까지 아껴가며 읽었다. 그리고 그 후로도 생각이 날 때마다 몇 번을 더 빌려서 읽었다. 빨간 마스크와 홍콩 할매 귀신은 여전히 아이들에게 공포심을 심어주며 전국을 떠돌아다녔지만 중학교 1학년 2학기가 되자 그 둘에게도 그다지 관심이 가지 않았다. 친구들도 더 이상 그런 걸 무서워하지 않게 되었다. 대신에 부쩍 여자 반 아이들에게 관심을 기울이기 시작했다(남녀공학이긴 했으나 남자 반과 여자 반으로 나뉘어 있었다, 젠장). 나도 마찬가지였다. 자연스러운 일이었다. 그런 한편으로는 여전히 유령 사냥꾼에 대한 생각을 떨쳐버릴 수 없었다. 그렇다고 해서 장래희망을 적어야 하는 칸에 '유령 사냥꾼'이라고 적어 내기는 곤란했다. 그건 꽤 설명이 많이 필요한 직업이니까. 그리고 아마도 부모님이 허락해주시지 않을 것 같았으니까.

그래서 나는 '소설가'라고 쓰기 시작했다.

어린 내가 생각하기에, 유령 사냥꾼과 제일 비슷한 직업이 바로 소설가였다. 그때쯤 나는 스티븐 킹(와우!)을 알게 됐고, 뭐, 결국 틀린 생각은 아니게 됐다.

'제이슨 부히즈'와
'프레디 크루거'

친구 중 한 명이 끝장나는 비디오를 봤다고 말하며 눈을 빛냈다. 그 당시 우리들 사이에서 끝장나는 비디오라고 한다면 곧 야한 영화를 말하는 것이었다. 우리들의 눈도 모두 빛났다. 다른 친구가 제목이 뭐냐고 물었다.

"13일의 금요일."

친구는 그렇게 말하며 덧붙였다.

"사촌 형이랑 같이 봤는데 진짜 끝장나!"

그 친구는 끝장난다는 말을 달고 사는 녀석이었기에 진짜 끝장이 나서 끝장난다고 하는 건지 아니면 그저 그냥 끝장난다고 하는 건지 알쏭달쏭했다. 게다가 야한 영화라기에는 제목이 조금 애매했다. 〈13일의 금요일〉이라니, 그게 뭐 어쨌단 말인가. 13일의 금요일 밤이라면 모르겠는데. 음……. 그러다가 그 말 자체가 낯설지 않다는 생각이 퍼뜩 들었고 그걸 어딘가에서 봤다는 사실을 기억해냈다. 바로《세계의 불가사의》였다. 그 책의 마지막쯤에 '13일의 금요일의 저주'라는 부분이 있었다. 13일의 금요일이 되면 불행하고 섬뜩한 사고가 생기고 유명인들도 그때 많이 죽었다는…… 잠깐만. 그럼 야한 영화가 아니잖아?

내가 그 점을 지적하자 친구는 고개를 끄덕이며 공포영화이긴 한데 아무튼 끝장나, 라고 말했다.

세상에! 장르가 공포인데 끝장나는 영화가 있다니! 나는 무슨 수를 써서라도 그 영화를 보리라 다짐했다. 안 그래도 친구는 다음에 자기 집에서 같이 보자는 말로 우리를 흥분시켰다. 하지만 세상은 내가 원하는 대로 흘러가지 않았다. 그해, 그러니까 중학교 2학년 여름방학이 채 다가오기도 전에 나는 학교를 그만뒀다. 워낙 자주 결석을 해서 유급을 해야 할 판이었기 때문이다. 결석한 이유는 물론 아파서였다. 약한 몸과 그 우라질 두통이 결국 내 발목을 잡고 말았다. 그리고 그때 또 한 번 이사를 했다. 그나마 좀 오래 사귀었다 싶은 친구들을 뒤로하고 다시 도시로 나오게 된 것이다. 끝장나는 영화를 보여줄 사촌 형이 없던 나는 결국 그 영화를 보지 못하고 컴컴한(그리고 좁은) 방에 틀어박히게 됐다.

나는 검정고시를 준비했다. 교복을 입지 않게 되었고 머리카락도 기르게 되었다. 시내에 있는 검정고시학원에 다니기는 했지만 대부분의 시간을 집에서 보냈다. 이렇다 할 의욕도 없었고 의욕을 생성해낼 만한 체력도 없었다. 소설가가 되겠다는 꿈도 접었다. 소설가도 일단 중학교는 졸업해야 될 수 있을 것 같았다. 내 유일한 낙은 매주 수요일에 동네까지 오는 이동식 도서관에서 책을 빌려 읽는 것이었다. 미니버스를 개조한 이동식 도서관에는 책이 그리 많지 않았고 특히 내가 좋아하는 소설은 더 드물었다. 그래도 그곳에서 《반지전쟁》과 《호비트》를 읽을 수 있었다. 두 책은 톨킨의 《반지의 제왕》과 《호빗》의 해적판이었다. 스티븐 킹이 '스테판 킹'으로 표기되던 시절에 나온 《늑대인간》도 그 이동식 도서관에서 찾은 보물이었다.

그런 소소한 기쁨 외에는 도무지 즐거운 일이 하나도 없는 우중충한 매일이 계속되었다. 그중에서도 최악은 검정고시학원이었다. 검정고시학원은 시골 마을에서 순진하게 자란 떠버리 십대가 감당하기에는 너무나도 벅찬 환경이었다. 그 학원에 다니는 사람들은 진짜 대단

했다. 진짜! 학원을 통 틀어 내가 제일 막내였는데, 아파서 학교를 그만둔 내 사연은 다른 형과 누나들의 사연에 비하면 거의 성경책 수준이었다. 술을 퍼먹고 학원에 나오는 형도 많았고, 학원이 끝나자마자 진하게 화장을 하고 일터로 달려가는 누나도 많았다. 그 누나들을 태우려고 학원 앞에는 오토바이가 즐비하게 서 있었다. 장관이었다.

괴짜들도 상당했다. 세상에는 참 희한하고 특이하며 위험한 사람이 많구나, 하는 걸 그 학원에서 알게 됐다. 그런 깨달음은 군대에서도 찾아왔고 잠깐 도시가스 기사로 일할 때도 찾아왔지만 첫 깨달음이 준 충격만큼은 아니었다. 라이터 가스를 흡입하는 법을 가르쳐주려던 형, 본드와 부탄가스의 차이점(그러니까 흡입했을 때의 차이점)을 자세히 설명해주던 형, 중학교 검정고시만 10번째라던 아저씨, 세게 보이고 싶으면 유리병을 잘 씹을 줄 알아야 한다던 누나……. 세계의 불가사의는 멀리 있는 게 아니었다. 그 형과 누나들은 대체로 착했지만 나 같은 꼬맹이를 상대하기에는 또 묘하게 나이가 많았다. 그리고 나는 그들이 싫어하는 범생이 부류였다.

그러던 어느 날 덩치가 제법 크고 팔에는 문신을 한(셔츠를 걷어서 문신이 다 보였다) 형이 학원에 새로 들어왔다. 인상도 험악했는데 척 보기에도 어디서 좀 놀아본 사람 같았다. 마침 내 옆자리가 비어 있었고, 그 형과 나는 짝이 되었다. 형은 쉬는 시간에 내게 물었다.

"어려 보이는데 뭔 짓을 했기에 이 학원에 다녀?"

나는 아무 짓도 안 했는데 아무 짓도 안 했다고 하면 왠지 야단을 들을 것 같아 조심스레 대답했다.

"결석을 많이 해서……."

형은 다 안다는 듯 씨익 웃더니 내 등을 퍽! 하고 쳤다. 그러고는 진짜로 이렇게 말했다.

"잘 부탁한다."

말투까지 딱 당시 유행하던 청춘 영화 속에서 튀어나온 주인공, 아니 주인공의 친구의 친구 같았다.

아니나 다를까, 그 형은 영화를 몹시 좋아했다. 쉬는 시간만 되면 나를 붙잡고 영화 이야기를 늘어놓았다. 그때까지 내가 영화관에서 본 영화라고는 〈E.T〉와 〈애들이 줄었어요〉 그리고 〈아담스 패밀리〉가 전부였는데 제목에서 짐작할 수 있듯 모두 부모님과 함께 본 가족 영화다. 물론 텔레비전으로는 영화를 무지하게 봤다. 토요명화는 물론이고 주말의 명화도 꼬박꼬박 챙겨봤고 명절 특선 영화도 빼놓지 않았다. 그렇지만 그 정도로는 형과 대화를 할 수 없었다. 그런데도 그 형은 꼭 내게 이야기를 했다. 이런 식이었다.

"〈대부〉라고 아니? 코뽈라 감독님이 만드신 건데 거기 보면 말 모가지가 뎅겅 잘리고, 어휴 진짜 최고야!"

'코뽈라'가 누구인지는 몰랐지만 말 모가지가 잘린다는 그 영화는 제법 흥미로웠다. 형은 내게 무슨 영화를 좋아하는지 물었고, 어떤 영화를 보고 싶은지도 물었다. 전자에 대한 대답은 기억나지 않는데 후자는 아니다. 내가 정말로 보고 싶던 영화는 딱 하나였다.

"〈13일의 금요일〉이요."

그 순간 형의 눈빛이 달라졌다. 오호라, 이 녀석 봐라? 직접 그 말을 하지는 않았지만 거의 그런 눈빛이었다.

"그 영화를 어떻게 알아?"

"친구가 재미있다고 해서요. 근데 전 미성년자라서 못 봐요. 비디오가게에서 안 빌려줘요."

"야! 그런 명작은 꼭 봐야 하는 거야. 무슨 일이 있어도. 그리고 그 영화는 특히 미성년자가 더 봐야 하는 거라고."

형의 그 말이 무슨 뜻인지는 나중에 알게 됐지만 어쨌든 그 당시에는 이해하지 못했다. 미성년자관람불가 영화를 봤다가는 경찰서에 잡혀가거나 지옥에 떨어지는 줄 알던 시절이었다. 아무렴, 나는 범생이였으니까.

"그 영화 재미있어요?"

형은 가타부타 말하는 대신 엄지를 스윽 들어올렸다. 그러고는 그때부터 어떻게 하면 비디오가게에서 미성년자관람불가 영화를 자연스레 빌릴 수 있는지에 대해 기나긴 강의를 시작했다.

"쫄면 안 돼. 쫄면 다 끝나는 거야. 알지? 우선 아빠 옷을 입어. 최대한 나이 들어 보이게 입으란 말이야. 그래야 그쪽에서도 속아줘야겠다는 마음이 생기거든. 알지? 그런 다음에는 망설이지 말고 걸어 들어가. 자연스럽게. 먼저 가게 안을 한 번 둘러본 다음 슬쩍 신작 코너로 가는 거야. 거기서 적당한 걸 골라. 12세, 15세 뭐 아무 거나. 액션 영화면 제일 좋아. 마피아가 나오면 더 좋고. 그게 아니면 척 노리스나 반담도 괜찮지. 그런 걸 두 개쯤 골라야 되는 거야. 그게 이 바닥 규칙이야. 알지? 그러고는 이제 아무렇지 않게 거기로 가는 거야. 네가 진짜 원하는 영화가 있는 곳으로. 〈13일의 금요일〉은 시리즈가 많아. 1편부터 시작해. 어쨌든 그걸 골라서 주인한테로 걸어가. 쫄면 안 돼. 절대 쫄면 안 되는 거야. 알지? 자연스럽게 네가 고른 비디오 세 개를 올려놓으면 끝이야. 아! 중요한 건 액션 영화 두 개 사이에 그걸 끼워 넣어야 된다는 거야. 그게 이 바닥 규칙이거든. 알지?"

아! 당신은 왜 이제야 오셨습니까?

나는 태어나서 처음으로 정말로 도움이 되는 정보를 얻은 것만 같았다. 형의 그 가르침 앞에서는 국영수 모두 초라하게만 보였다. 당최 국영수를 공부한다 해서 얻는 게 무엇인가! 비디오 하나도 못 빌리는데.

옷장에서 아버지의 셔츠를 훔쳐 입었다. 부모님은 모두 일하러 나가셨고 동생들도 학교에 갔다. 나는 학원을 빼먹었다. 우리 집 비디오가 고장 난 건 아닌지 확인도 끝마쳤다. 모든 게 완벽했다. 문제는 내가 정말로 할 수 있는가였다. 이론으로는 벌써 수십 번 빌렸지만 막상 실전이 되니 떨렸다. 우리 동네에는 비디오가게가 세 곳 있었는데 오랜 관찰 끝에 제일 덜 깐깐해 보이는 주인이 있는 곳으로 골랐다. 신고를 하거나 경찰서로 끌고 갈 것 같지는 않아 보이는 주인.

쫄면 안 돼.

형의 그 말이 귓가에 생생하게 되살아났다.

나는 쫄았다. 너무 긴장을 해서 신호가 잘못 입력된 로봇처럼 걸어 들어갔고 신작 코너에서는 쌓여 있는 비디오를 떨어뜨렸으며 대망의 그곳에서는 마구 기침을 해댔다. 그럼에도 〈13일의 금요일〉을 찾는 데는 성공했다. 연소자관람불가. 그 문구가 유독 눈에 들어왔지만 끝장난다는 그 비디오가 내 손에 들어온 이상 물러설 수는 없었다. 나는 신작 두 편 사이에 〈13일의 금요일〉을 끼워 넣는 걸 잊지 않았고 그래서인지 주인은 별 말 없이 세 편의 비디오를 빌려줬다.

이렇게 쉬울 줄이야!

긴장을 한 탓에 목이 뻣뻣했지만 한편으로는 조금 허탈하기도 했다. 어른 영화를 빌리는 게 이토록 쉬운 일이었다니. 나는 서둘러 돌아가 옷도 갈아입지 않은 채 비디오와 텔레비전부터 켰다. 애초에 신작 두 편은 안중에도 없었다. 뭘 빌렸는지 생각도 나지 않는다. 중요한 것은 (여러 가지 의미로) 끝장난다는 이 공포 영화를 누구의 방해도 받지 않고 끝까지 보는 일이었다. 내 손으로 직접 비디오를 빌린 것도 그때가 처음, 당연히 비디오로 공포 영화를 보는 것도 그때가 처음이었다. 물론 그 전에 TV에서 방영해주는 공포 영화를 안 본 건 아니다. 학교를 그만두기 전 병원에 잠깐 입원했을 때도 병실 텔레비전으로 공포 영화를 봤다. 그 영화는 〈엑소시스트2〉였다. 그건 그렇게 끝장나는 영화는 아니었다.

두근대는 심장을 애써 누르며 플레이 버튼을 눌렀다. 호환, 마마, 어쩌고저쩌고. 그리고 곧 영화가 시작됐다.

예상했겠지만, 시작하고 몇 분도 안 돼 나는 그 영화에 푹 빠지고 말았다. 영화 중간쯤에는 (여러 가지 의미로) 환호성을 질렀으며 본격적인 살육이 시작되면서부터는 브라운관에서 눈을 뗄 수 없었다. 분장은 어찌나 실감나고 살인 장면 연출은 또 어떻게나 생생하던지 등장인물들이 하나 둘 죽어나갈 때마다 심장이 벌렁거리고 식은땀이 흘렀다. 이토록 피가 흥건한 장면은 어디에서도 본 적이 없었다. 등장인물의 비명이 바로 옆에서 들리는 것 같았다. 코뽈라의 〈대부〉가 얼마나 대단한지는 모르겠지만 말의 목을 자르는 것 정도로는 이 영화에 명함도 못 내밀 것 같았다. 게다가 주인공이 예뻤다. 끝장나게 예뻤다. 나름의 충격적인 결말로 영화가 끝나고 난 뒤에도 나는 멍하니 TV를 바라보며 앉아 있었다.

신세계였다.

이토록 재미있는 영화가 있다니!

공포 영화지만 끝장나는 장면도 끝장나게 많다니!

그 순간, 순진하기만 하던 중학교 중퇴생은 사라지고 이 세상의 자극적인 비밀 하나를 알게 된 소년만 남았다. 그 비밀은 너무나 맛있어서 도저히 끊을 수가 없었다. 그 다음 날 나는 〈13일의 금요일〉 2와 3을 한꺼번에 빌려왔고(신작 두 편도 함께), 또 다시 학원을 빠진 채 그 영화들을 봤다. 어린 내가 보기에도 후속작은 좀 허술한 감이 없지 않았지만 대신에 최고의 공포 영화 캐릭터인 '제이슨'을 만날 수 있었다(그렇다. 제이슨이 본격적으로 등장하는 건 2편부터고, 그 유명한 '하키 마스크'를 쓰고 나오는 건 3편부터다). 마스크를 쓰고 큰 칼을 든 채 뚜벅뚜벅 걸어가 누구든 죽여 버리는 이 희대의 살인마 캐릭터에 나는 완전히 빠져들었다. 제이슨은 칼뿐 아니라 도끼, 활, 톱 등 다양한 도구를 아주 능숙하게 다뤄 최대한 창의적인 방법으로 십대들을 죽였다. 제이슨이 십대, 그중에서도 성적으로 문란한 십대를 위주로 죽이고 다니는 것은 대단히 상징적이다. 팬들 사이에서는 제이슨이 '모태 솔로'라 질투에 눈이 멀어 그런다는 우스갯소리도 나오지만 눈치 빠른 사람들이라면 그 상징이 무엇을 뜻하는지 이미 알 것이다. 제이슨 부이치, 그러니까 이 하키 마스크를 쓴 살인마는 그 당시의 부모들을 대변하고 있었다. 성에 대한 관심이 극에 달한 십대 자녀에게 "자, 그걸 하게 되면 반드시 죽는다고!"라는 경고의 메시지를 보내고픈 부모의 마음을 담은 것이 바로 〈13일의 금요일〉 시리즈였다.

당연한 말이지만 내가 그 영화에 빠져든 십대 시절에는 그런 상징 따위 알 길이 없었고 관심사도 아니었다. 나는 그저 제이슨이 각종 흉기를 휘두르는 게 좋았고, 가끔 팬티'만' 입은 여성 캐릭터가 등장하는 것도 (끝장난다니까!) 좋았다. 둘 중 어떤 게 더 좋았느냐고 묻는다면 나는 가슴에 손을 얹고 대답하겠다. 전자였다. 식어가던 호러광의 피가 다시 뜨거워진 것도 전자 덕분이었다. 3편을 넘어 4편쯤 되니 허술한 분장도 하나 둘 보이기 시작했고 이 영화가 공포 (에로) 영화가 아닌, 공포 (코미디) 영화라는 사실도 눈치 채게 되었다. 그러니까 〈13일의 금요일〉은 무섭고 잔인한 장면 속에도 낄낄거릴 여지가 있다는 걸 처음으로 알게 해준 작품이었다.

자, 다시 불붙기 시작한 호러에 대한 관심과 열망을 채우려고 나는 무얼 했을까? 이 쉬운 질문에 대한 해답은 하나다. 바로 '영화 보기'다. 그것도 B급 공포 영화만 골라 보기. 〈13일의 금요일〉 시리즈는 이미 다 빌려봤기에 나는 갈증을 채워줄 다른 작품을 찾아야 했다. 그때쯤에는 연소자관람불가 작품을 빌리는 게 매우 자연스러웠다. 눈치를 살펴본 결과 정말 야한 성인용 영화가 아니라면 주인은 그냥 눈감아 주는 것 같았다. 그래서 신작 두 편을 끼워 빌리는 짓도 그만두었다. 나는 공포만 따로 모아둔 코너에 가서 비디오를 뒤졌다. 거리낄게 없었다. 그러다가 발견한 또 하나의 명작이 있었으니 그게 바로 〈나이트메어〉 시리즈였다. 프레디 크루거. 칼날 장갑의 사나이!

프레디 크루거는 비디오 표지에서부터 존재감을 드러내고 있었다. 화상을 입어 피부가 벗겨진 사내가 표독스런 표정으로 노려보고 있으니 빌리지 않고는 당해낼 재주가 없었다. 그래서 빌렸고, 영화는 최고였다. 제이슨이 아날로그 살인마라면 프레디는 꿈과 현실의 경계를 오가는 판타지적 살인마였다. 원한을 품고 죽었다가 그런 존재가 되었다는 점에서 내가 알던 귀신과 비슷하기도 했다(물론 시리즈가 계속될수록 제이슨도 숱하게 죽었다가 되살아나곤 했지만). 꿈에서 죽으면 현실에서도 죽게 된다는 설정 자체도 재미있었다. 주로 살인이 벌어지는 공간이 꿈속이다 보니 피가 분수처럼 뿜어져 나온다거나 하는 환상적인 연출도 가능했다. 나는 그런 장면들 역시 낄낄거리면서 봤다. 무엇보다 재미있었던 것은 프레디 크루거의 말솜씨였다. 그렇다. 이 살인마는 과묵하기 짝이 없는 제이슨과 달리 떠버리였고 누군가를 죽이기 전이나 죽이고 나서는 꼭 농담 한마디를 던지곤 했다. 그게 또 내 취향이었다. 낄낄.

제이슨과 프레디는 호러광, 특히 그 시대를 살며 나처럼 공포 영화를 탐닉했던 사람들에게는 '히어로'나 다름없는 존재가 되었다. 그들이 전해준 것은 공포만이 아니었다. 그렇다고 거기서 딱히 도움이 될 만한 교훈을 읽어낸 것은 아니지만, 공포가 쾌감으로 바뀔 수도 있다는 사실을 나는 처음 알았다. 그리고 웃길 수도 있다는 것도. 시대를 풍미한 이 두 명의 살인마 덕분에 나이는 어리고 머리만 큰 검정고시 준비생은 우울감을 얼마간 날려버릴 수 있었다. 물론 영화를 자주 보는 것에 맞춰 학원은 그만큼 빠져야 했지만 위태롭던 그 시기를 무사히 넘을 수 있었던 것은 공포 영화 덕분이었다. 내 안에 쌓여 있던 분노, 좌절감, 패배감, 슬픔 따위를 제이슨과 프레디를 만나는 동안 잊을 수 있었다. 일찌감치 술꾼이 되었거나 줄담배를 피우거나 최악의 경우에는 싸구려 본드에 인생을 맡길 수도 있었는데(충분히 그런 환경이었으니까) 다행히 아주 건전하게(?) 넘어간 것도 모두 제이슨과 프레디가 있었기에 가능한 일이었다.

공포 영화 탐닉은 계속됐다. 〈13일의 금요일〉과 〈나이트메어〉만으로는 성에 차지 않았기 때문이다. 나는 학원 형의 추천을 받아 〈할로윈〉 시리즈도 봤다(그게 원조라니까! 그게 원조야. 알지?). 어디 그뿐이랴. 〈헬레이저〉 〈매니악〉 〈좀비오〉 〈환타즘〉 등의 숨은 명작들도 모조리 섭렵했다. 아! 호러의 세계는 깊고도 넓어라. 살인마 영화만 있는 줄 알았는데 좀비 영화가 따로 있고 귀신 나오는 영화는 또 따로 묶여 있었다. 어쨌든 자르고 베고 찍는 건 같았지만 그 나름의 재미가 따로 있다는 건 그때부터 어렴풋하게나마 느꼈다. 그러던 중 발견한 또 하나의 명작이 있었으니 그게 바로 〈바탈리언〉이다. 좀비 영화였던 이 작품 역시 호러와 코미디는 동전의 양면처럼 떨어질 수 없는 관계라는 걸 알게 해줬다. 그런 의미에서는 〈이블 데드〉 2편도 굉장한 작품이었다. 무섭다가 웃기다가, 무섭다가 웃기다가…….

〈13일의 금요일〉은 꾸준히 나왔다. 시리즈의 명이 길었다. 그리고 대부분 대단한 망작들이었다. 그중에는 심지어 제이슨이 번개를 맞고 되살아나거나 우주에 가서 사람을 죽이는 해괴망측한 이야기도 있었다. 그 사이 나는 중학교 검정고시를 패스했다. 고등학교도 검정고시로 졸업했다. 친구 없이 지내는 기나긴 암흑기였지만 제이슨과 프레디만은 내 곁을 든든하게 지켜줬다. 아무리 망작이라도 나는 그 시리즈들을 다 챙겨봤다. 코뽈라를 좋아하던 그 형은 언젠가부터 학원에 나오지 않았고 소식도 끊겼다. 나는 그 후로도 오랫동안 그 은인의 안부가 궁금했다. 비디오가게 주인과는 꽤 친해져 공포 영화에 대한 여러 이야기를 나누는 사이가 됐다. 그때 이후로 아주 오랜 시간이 흘러 2004년인가에는 〈13일의 금요일〉의 11번째 시리즈가 개봉됐다. 부제는 무려 '프레디 VS 제이슨'이었다. 맞다. 바로 그 두 명이 한 영화에서 만난 것이다. 나는 영화관으로 달려갔다. 예상했던 대로 영화는 대단한 망작이었지만 나는 이번에도 역시나 신나게 봤다. 그 둘을 한 영화에서 볼 수 있다는 것만으로도 대만족이었다. 낄낄.

내가 사랑한 공포소설들

검정고시로 또래보다 일찍 고등학교 졸업장을 딴 덕분에 내게는 무한한 시간이 주어졌다. 한동안은 놀기만 했다. 남들 3년 과정을 나는 1년 만에 패스했으니 좀 놀아도 되잖아, 하는 보상심리가 있었다. 논다고 해봐야 딱히 파격적인 뭘 하는 건 아니었다. 그저 마음 놓고 소설을 읽고 영화를 봤을 뿐이다. 거기에 추가된 거라고는 라디오 듣기 정도였다. 밤새 라디오를 듣다가 잠들곤 했다. 새벽에는 영화 음악을 많이 틀어줬는데 거기에 곁들여 영화 이야기도 제법 많이 나왔다. 그런 것들을 듣는 게 좋았다. 비디오도 마음껏 빌려봤다. 드디어 〈대부〉도 봤다. 척 노리스와 반담의 영화도 섭렵했다. 아니, 열광했다. 그럴 나이였다. 그런가 하면 본래 취미라 할 수 있는 공포 영화 보기도 멈추지 않았다. 〈사탄의 인형〉에 뒤늦게 눈을 떴다. 처키는 제이슨과 프레디와는 또 다른 공포를 선사했다. 세상에는 온갖 싸구려 공포 영화가 넘쳐났고 호러광에게는 더할 나위 없는 시대였다. 아무튼 무지하게 봤다. 영화감독이 될까, 하는 꿈을 품었던 것도 그 즈음이었다.

한량 노릇은 오래 가지 못했다. 슬슬 대학 갈 걱정을 해야 할 시기이기도 했지만 집안 사정이 전보다 더 나빠졌기 때문이었다. 내 앞가림은 내가 해야 했다. 그래서 아르바이트를 시작했다. 그 당시 우리 또래가 할 수 있는 아르바이트는 크게 세 가지가 있었다. 패스트푸드, 주유소, 그리고 커피숍. 셋 다 큰돈을 받지 못하는데 시간은 많이 할애해야 하는 아르바이트였다. 내게는 시간이 없었다. 그런데 또 돈은 필요했다. 결과적으로 필요한 건 짧은 시간에 많은 돈을 버는 아르바이트였는데, 그때나 지금이나 그런 일은 더럽거나 위험하다. 혹은 둘 다이거나.

나는 아르바이트 가지고도 너끈히 책 한 권은 쓸 수 있다. 말 그대로 안 해본 일이 없었는데 그중에는 상당히 특이하고 지저분하며 위험한 아르바이트도 꽤 있었다. 그런 것들은 돈을 많이 줬다. 나는 그런 일들만 찾아 다녔다. 여기서 그 모든 일들을 다 떠벌일 생각은 없다. 물론 그런 일들 자체가 '호러'이기는 했지만 진짜 무서운 건 가난이라는 사실을 나는 아주 어릴 때부터 알고 있었다. 그래서 더럽고 위험한 일들을 기꺼이 했다. 더 더럽고, 너 위험한 일을 구하고자 눈에 불을 켰다. 그 당시 그런 일의 '끝판 왕'이라 불리는 게 있었으니 그게 바로 전설의 '시체 닦기 아르바이트'였다.

시체 닦기 아르바이트는 전설이나 다름없었다. 때로는 괴담처럼 떠돌아 다녔고 때로는 누군가의 경험담이 돼 귀를 솔깃하게 만들었다. 냄새가 고약하다는 둥, 시체가 벌떡 일어난다는 둥, 시체 상태가 엉망이라는 둥 여러 말들이 많았지만 결론은 하나였다. 돈을 많이 준대. 문제는 모든 전설이 그렇듯 그걸 실제로 해본 사람은 존재하지 않는다는 데 있었다. 내 주위를 아무리 뒤져봐도 그 아르바이트를 알기만 할뿐 경험자는 없었다. 나는 할 수 있을 것 같았다. 아무렴, 제이슨과 프레디, 거기에 더해 처키의 살인 행각도 눈 하나 깜박 안 하고 보는 내가 아니던가! 나는 약한 몸을 타고 났지만 담력만은 셌다. 어쩌면 어릴 때부터 호러라는 자극에 노출됐기 때문에 담력이 세진 걸지도 모른다. 아무튼 무서운 게 별로 없었고 그건 시체 앞에서도 마찬가지일 것 같았다. 구하기만 한다면 아무런 문제가 없을 거다. 구하기만 한다면…….

정말 돈이 필요한 시기가 왔다. 대입 준비 때문에 학원을 다녀야 했기 때문이다. 학원에 가는 시간을 빼고 아르바이트를 해서 돈을 벌려면 역시 더럽고 위험한 일이 제격이었다. 시체 닦기 아르바이트에 대한 내 열망은 점점 커졌다. 그러다가 결국 결단을 내렸다. 병원 영안실에 무작정 찾아가기로. 내 나이 열네 살에 연소자관람불가 비디오도 당당히 빌렸지 않은가. 내게는 거칠 것이 없었고, 그만큼 절박했다.

우리 동네에서 삼십분 정도 걸으면(그때는 주로 걸어 다녔다) 종합병원이 나왔다. 나는 몇 번의 현장답사를 통해 그곳 지하 1층에 영안실이 있다는 사실을 알아냈다. 자주 병원에 갔고, 자주 입원했으므로 병원이라는 공간 자체가 낯설지 않았다. 좋았어. 저기다. 저기에 가보는 거야! 그렇게 다짐을 했다.

어느 수요일 오후, 나는 자연스럽게(쫄면 안 돼!) 병원으로 들어갔고 계단을 통하는 치밀함까지 선보이며 영안실에 접근했다. 문제는 그 다음이었다. 영안실 입구는 굳게 닫혀 있었고 지나다니는 사람도 없었다. 어쩌지? 한동안 문 앞을 서성거렸는데 답은 나오지 않았다. 여기까지 왔는데 그냥 돌아갈 수는 없었다. 나는 육중해 보이는 그 문을 조심스레 열었다. 늙수그레한 남자 한 명이 데스크에 앉아 있다가 나를 보고는 얼굴을 찡그렸다.

"야. 여긴 들어오는 곳 아냐. 나가!"

그 말인즉슨 내가 맞게 찾아왔다는 뜻이었다.

나는 아저씨의 말을 무시하고 성큼 안으로 들어갔다. 그러자 아저씨가 의자에서 일어나 나를 향해 다가왔다(쫄면 안 돼!).

"아르바이트 때문에 왔어요!"

나는 서둘러 말했다. 아저씨는 멈칫 하더니 나를 훑어봤다. 그게 내 눈에는 이 자의 무공이 어느 정도인지 가늠해 보는 무협지 속 고수의 행동처럼 보였다. 나는 가슴을 한껏 펴고 있었고 일부러 짝다리도 짚었다. 이런 일쯤 아무것도 아니라는 듯이. 미리 준비해갔다면 껌도 질겅질겅 씹었을 것이다.

"무슨 아르바이트?"

에이, 다 아시면서.

"그거요. 시체 닦는 아르바이트."

"하아!"

아저씨는 진짜로 그런 소리를 냈다. 웃는 것도 아니고 감탄하는 것도 아닌 소리. 당시 내 상식으로는 그건 황당할 때 내는 소리에 가까웠다. 뭔가 안 좋은 쪽으로 흘러가고 있다는 걸 그제야 깨달았다. 척하면 척이라고, 내가 아르바이트 이야기를 꺼내자마자 "이야! 여기 용기 있는 젊은이가 있네. 안 그래도 마침 필요했는데 어서 와!"라고 환영해줄 거라 막연히 생각했는데 그게 아니었다. 아저씨는 나를 내려다보더니 혼잣말처럼 중얼거렸다.

"실제로 오는 놈은 또 처음이네."

순간 아저씨의 표정이 '얘를 어떻게 하면 잘 쫓아낼까'로 변한다는 걸 포착한 나는 서둘러 입을 뗐다.

"할 수 있어요. 하게 해주세요. 하고 싶어요. 잘할 거예요."

"너 몇 살이냐?"

"열여덟이요."

사실은 열일곱이었다.

"사람 죽은 거 본 적 있냐?"

영화에서는 여러 번이요.

"넌 못해, 인마."

시켜보지도 않고 그런 소리를 하다니, 이건 호러광의 자존심을 건드리는 발언이었다. 이것 보세요, 아저씨. 제이슨과 프레디가 시리즈 내내 죽인 사람 수가 도대체 얼만지 아세요? 난 그걸 하나도 빼놓지 않고 다 목격했다고요!

"전 하나도 안 무서워요."

아저씨는 또 한참 동안이나 나를 보더니 이윽고 몸을 홱 돌렸다. 그러고는 손짓을 했다. 따라오라는 신호였다. 나는 냉큼 아저씨 뒤를 따랐다.

"원래는 이게 안 되는 일인데 네 말이 하도 같잖아서 내가 한 번 보여주려는 거야. 그러니까 어디 가서 말하지 말고, 보고 오줌이나 싸지 마라."

마지막 말은 나를 돌아보면서 했다.

우리는 복도를 지나 다시 문 하나를 통과했다. 그러자 과학실에서나 날 것 같은 냄새가 풍겼다. 창고처럼 벽면에 여러 물건이 쌓여 있었고 스테인리스로 된 침대가 놓여 있었다. 큰 냉장고도 하나 보였다. 거기에 들어서는 순간부터 서늘함을 느꼈는데 나는 그곳이 우리의 최종 목적지가 아니라는 걸 알 수 있었다. 그 옆으로 방 하나가 더 있었고, 그곳이야말로 영화에서 숱하게 보던 그 이미지와 딱 맞아떨어졌다. 냉동고가 층층이 쌓여 있었던 것이다.

사실대로 말하자면 나는 그 시점에 살짝 떨고 있었다. 분위기에 압도당했다고나 할까? 냄새도 냄새지만 아저씨의 태도가 마음에 걸렸다. 거침없이 나를 데리고 가던 그 모습이 사라지고, 진짜 영안실 내부로 들어오자 아저씨도 조심하는 게 눈에 보였다. 아저씨는 마지막 방으로 들어가기 전에 다시 한 번 주의를 줬다.

"절대 말하면 안 된다, 절대!"

나는 고개를 끄덕였다. 하지만 말할 작정이었다. 떠버리 이야기꾼이 어디 가겠는가. 진짜로 시체 닦기 아르바이트를 할 수만 있다면 돈을 버는 건 물론이고 그걸 사골처럼 우려먹을 수도 있었다. 어쩌면 대학에 가서도 두고두고 화제로 삼을 수도 있었다. 그런 기회를 놓칠 내가 아니었다.

우리는 마지막 방으로 들어갔다. 공기부터 달랐다. 차갑고 섬뜩했으며 소독약 냄새가 훨씬 더 진하게 풍겼다. 아저씨는 다시 나를 내려다보며 오묘한 표정을 지었다. 그래도 여기까지 따라온 게 용하다는 뜻인지, 얘한테 정말 보여줘도 괜찮은 것일까 망설이는 것인지 알 수 없었다. 지금 생각해 보면 아마 후자였던 듯싶다.

아저씨는 여러 개의 냉동고 중 하나를 선택하고는 손잡이를 잡았다. 그러더니 나에게 가까이 오라고 손짓했다. 나는 아저씨에게 다가갔다. 아니, 다가가려 했다. 그런데 발이 움직이지 않았다. 무릎 아래로 감각이 없었다. 덜덜 떨고 있다는 걸 그제야 깨달았다. 왜 이러지? 도무지 알 수 없었다. 나는 무서움 따위 모르는 호러광이니까! 그게 인간의 본능적인 반응이라는 걸 나중에 가서야 알게 됐다. 죽음과 마주하면 떨 수밖에 없다. 더군다나 그게 첫 경험이라면 더욱더.

나는 눈을 휘둥그레 뜨고 아저씨를 바라봤다. 아저씨는 그것 보라는 듯 씨익 웃더니 천천히, 아주 천천히 냉동고 문을 열었다. 드르륵, 하는 소리와 함께 훨씬 더 차가운 기운이 훅 쏟아져 나오면서…….

내가 본 것은 발이었다.

뒤꿈치와 발가락 몇 개.

거의 누런색에 가까웠고 척 보기에도 뻣뻣하다는 걸 알 수 있었다. 그건, 더 이상 이 세상의 것이 아니었다.

거기까지가 한계였다.

나는 뒤돌아서 도망쳤다. 비명을 지르지는 않았지만 그건 입을 벌렸다가는 토할 것 같았기 때문이다. 양손으로 입을 틀어막고 있었다. 눈앞이 빙글빙글 돌았고 현기증이 났다. 기운이 쑥 빠졌다. 첫 번째 방을 지나 다시 복도로 나와서는 벽에 기대 주저앉았다. 잘못했구나. 그런 생각이 절로 들었다. 잘못했다. 잘못했습니다. 잘못했습니다. 누구에게랄 것도 없이 사과를 했다.

곧바로 뒤따라 나온 아저씨가 나를 일으켜 세워줬다. 여전히 다리에는 힘이 없었지만 그래도 버티고 섰다. 아저씨의 손은 차가웠다.

"이거, 아무나 하는 일 아니다. 어디서 아르바이트 했다고 하는 말, 그거 다 뻥이야. 거짓말이라고. 이런 일엔 아르바이트 안 써. 넌 어려서 모르겠지만 이 일은 불경기가 없다. 아니, 불경기일수록 더 잘되지. 망할 일이 없다는 소리야. 그러니까 오래오래 전문적으로 하겠다는 사람만 할 수 있는 거야. 무슨 말인지 알아?"

무슨 말인지 몰랐지만 하나는 알 수 있었다. 세상에는 선불리 덤벼들면 안 되는 일도 있다는 사실.

아! 그리고 또 하나. 영화와 현실은 다르다는 사실.

워낙 많이 몰아봐서 그런지 제이슨과 프레디가 대표하는 '슬래셔 무비'에 대한 애정이 조금씩 식어갔다. 어쩌면 영안실에 다녀왔기 때문일 수도 있다. 수준 이하의 비슷한 아류작이 너무 많이 나왔기 때문일 수도 있고. 아무튼 그런 영화를 덜 챙겨보게 되면서 다시 열심히 소설을 읽기 시작했다. 영화 취향은 미묘하게 변했지만 (〈대부〉를 좋아하게 되었다) 소설 취향은 한결같았다. 범죄가 벌어지고 살인사건이 일어나고 괴물과 유령이 등장하는 이야기들. 그런데 그런 이야기는 찾기 힘들었다. 그때 알았어야 했는데…… 호러 소설은 마이너 중에서도 마이너라는 사실을 그때 알았어야 했는데. 쩝.

그런 내게 단비가 되어준 두 작가가 딘 쿤츠와 스티븐 킹이었다. 딘 쿤츠의 《사이코》는 정말로 오싹한 소설이었다. 책을 읽는 내내 긴장감으로 온몸이 굳는 경험을 했다. 《와쳐스》도 재미있었다. 그런 스타일의 소설을 '스릴러'라고 부른다는 것도 그때 알게 되었다. 스티븐 킹은 앞서도 이야기했지만 국내에 '스테판 킹'으로 소개될 때부터 알았다. 그의 수많은 작품 중 최초로 읽은 게 중학교 도서관에서 빌린 《살렘스 롯》이었다. 흡혈귀가 등장하는 이 소설에 나는 푹 빠졌다. 도서관 한쪽 구석에는 역시 '스테판' 킹이 쓴 단편집도 있었다. 세상에, 거기엔 온갖 무서운 것들이 잔뜩 들어가 있었다. 이런 것이라면 굳이 유령 사냥꾼이 되지 않아도 마음껏 무섭고 오싹한 것들을 접할 수 있겠다 싶어 소설가가 되겠다는 꿈을 품었던 것이다. 아무튼 내게는 둘 다 소중한 작가지만 그래도 둘 중 하나를 고르라면 스티븐 킹이 조금 더 취향에 맞았다. 그런 내 생각은 《쿠조》를 읽고 확고해졌다. 미친 개 한 마리만 풀어놓고서도 이렇게 섬뜩한 이야기를 쓸 수 있다니!

그 해 여름, 그러니까 영안실에 다녀오고 얼마간 시간이 흘렀을 때 내가 집어든 책은 스티븐 킹의 《캐리》였다. 《캐리》야말로 스티븐 킹의 장편 데뷔작이지만 나는 그 책을 늦게 접했다. 그 즈음 내 상황을 조금 더 자세히 설명하자면, 잠시 물러간 듯했던 두통이 저 멀리서부터 다시 진군해 오고 있었고 공부도 하는 둥 마는 둥 했으며 아르바이트 찾는 일도 시원치 않았다. 그래서였을까, 소설 읽는 재미도 약간 떨어졌다. 《캐리》는 초반 몇 쪽만 읽다가 다시 반납해 버렸다. 공부를 하겠다고 도서관에 가서는 벤치에 누워 잠을 청하는 게 일이 되었다. 내게는 고민을 나눌 친구도 없었고 (적어도 그 당시에는) 꿈도 없었다. 슬래셔 무비들이 잠깐 위로를 해준 이후 다시 마음 붙일 만한 걸 찾지 못한 것이다. 막연하게나마 대학에는 가야 된다는 생각을 했는데 생각만 할 뿐 공부는 하지 않았다. 그렇다고 딱히 말썽을 부리지도 않았으니 참으로 재미없는 십대 시절이었다. 그렇게 허송세월로 한 해를 보냈다.

그 다음 해도 마찬가지였다. 적어도 가을이 되기 전까지는. 설렁설렁 소설을 읽었고 영화를 봤으며 공부는 안 했다. 아르바이트는 여전히 찾아다녔다. 그러던 중에 교회에서 알게 된 형이 솔깃한 제안을 했다. 여름이 막

바지 피치를 올리던 무렵이었다.

"아르바이트 안 할래? 하는 일은 별로 없는데 일당은 세."

하는 일은 별로 없는데 일당은 센 일이 내게로 오게 된 건 평일에 일할 수 있는 사람이 나뿐이었기 때문이다. 그 일은 행사대행업체 아르바이트였다. 각종 회사 행사를 대행해주는 게 주요 일이었는데 가을이 되면 학교 운동회에 여러 장비를 빌려주기도 했다. 운동회 때 쓰는 박, 비닐 터널, 그리고 큰 공 같은 것들이 어딘가에서 뚝 떨어진다고 생각하면 안 된다. 학교에서 자체적으로 보유하기도 하지만 대부분은 빌려 쓴다. 그걸 빌려주는 게 내 일이었고.

형이 운전하는 트럭을 타고 회사 창고에 가서 각종 장비를 싣고 학교로 가면 된다. 일단 장비를 빌려주고 나면 그 뒤에는 기다리는 일만 남는다. 운동회가 끝날 때까지 어디 시원한 그늘에 가서 낮잠이라도 때리면 그만인 것이다. 형은 주로 그렇게 했고 나는 소설을 읽었다. 그 아르바이트를 세 번째 했을 때 들고 간 소설이 《캐리》였다. 그 책에 다시 한 번 도전해 보고 싶었다.

《캐리》는 제법 분량이 많았는데 집중해서 읽기 시작하니 책장이 휙휙 넘어갔다. 그날 아침부터 오후까지 나는 그 소설의 절반을 읽었다. 워낙 일찍 일어났기에 피곤하고 졸렸는데 도무지 책을 놓을 수 없었다. 스티븐 킹은 진짜였다. 진짜 천재! 원한을 품기 시작한 이 초능력 소녀가 도대체 어떻게 되는지 정말 궁금했지만 그때 운동회가 끝났다. 우리는 다시 그 장비들을 트럭에 실었고 국도를 달려 회사 창고로 향했다.

내가 그날을 똑똑히 기억하는 이유는《캐리》가 재미있었기 때문만은 아니다. 그날 작은 사고가 있었다. 큰 공 두 개를 묶어 놓았던 줄이 풀려버린 것이다(묶은 건 나였다). 트럭은 국도를 쌩쌩 달리고 있었다. 큰 공은 크기에 비해선 가벼웠다. 짐칸에서 서로 몸을 부딪치며 탈출을 모색하던 두 개의 공은 (아마도) 트럭이 무언가에 걸려 덜컹하는 틈을 타 밖으로 튀어나갔다. 우리는 그런 줄도 몰랐다. 옆에서 달리던 차들이 하도 경적을 울려서 형이 창문을 내렸고 다수의 운전자들이 동시에 외쳤다.

"공!"

아뿔싸. 공은 이미 사라지고 없었다. 형은 재빨리 갓길에 차를 세웠다. 나는 조수석에서 뛰어내렸는데 파란색과 빨간색의 큰 공 두 개가 국도를 거슬러 힘차게 굴러가는 모습을 목격했다. 달려오던 차들은 그 공을 피하느라 그야말로 식겁했을 것이다. 지금 생각해 보면 큰 사고로 이어지지 않아 천만다행인 일이었다. 우리는 그 공을 향해 달렸다. 파란색 공은 얼마 못 가 논두렁에 빠졌고 빨간색 공은 그보다는 조금 더 멀리 굴러갔다. 어쨌든 공이 끝도 없이 도망치는 건 막을 수 있었다. 문제는 다시 가지고 가는 일이었다. 형과 나는 운동회라도 하듯 힘을 모아 "영차! 영차!" 박자까지 맞추며 공을 굴리기 시작했다. 머리 위에서는 뜨거운 태양이 쏟아져 내리고 진귀한 구경을 하게 된 운전자들은 모두 창문을 내리고 웃어댔다. 큰 공은 정말이지 우라지게 컸다. 둘이서 굴리는 건 진짜 힘들었다. 그것도 두 개나.

땀범벅이 된 채 공을 제자리로 돌려놓고(이번에는 형이 줄을 묶었다) 우리는 차안에서 뻗었다. 에어컨만 틀어놓고 한동안 둘 다 말이 없었다. 그러다가 형이 툭 한마디를 던졌다.

"사는 거 좆같지?"

네. 그렇고말고요.

나는 하마터면 눈물을 터트릴 뻔했다.

그날 밤 집으로 돌아와 《캐리》의 나머지 부분을 모두 읽었다. 통쾌한 마지막 장면을 읽고서 만족한 미소를 지었을 땐 어느덧 새벽이었다. 나는 책을 덮고 생각에 잠겼다. 스티븐 킹이 이 소설을 쓸 때 아마 화가 꽤 많이 나 있는 상태가 아니었을까, 조심스레 짐작했다. 세상을 원망하면서 한 단어, 한 단어 써내려간 것 같았다. 원한을 품은 건 '캐리'가 아니라 정작 스티븐 킹 본인일지도 모른다. 그때는 짐작일 뿐이었지만 훗날《유혹하는 글쓰기》를 통해 내 짐작이 어느 정도 맞았다는 사실을 확인했다. 아무튼, 정말로 그렇다면, 그런 원한이 소설 쓰기의 원동력이 될 수 있다면 나도 쓸 수 있지 않을까 그런 생각을 했다. 내가 그때 품었던 원한은 방향이 없었다. 상대도 없었다. 아니, 굳이 상대를 찾자면 그건 바로 나 자신이었다. 무기력하고 나약한 스스로가 원망스러워 견딜 수 없었다. 내 앞에 버티고 선 저 큰 공 두 개가 내게는 너무 버거웠다. 나는 아직 어렸고, 세상은 너무 거대했다. 나는 웃자라버렸다. 어른도 아니고 아이도 아닌 상태였다. 거기서 오는 틈만큼 나는 원망을 쌓아갔다. 그런 원망을 소설로, 이왕이면 호러 소설로 풀어보고 싶다는 생각을 한 건 그때가 처음이었다. 내 안에 진짜 소설가의 싹이 심어진 건 바로 그날이었다. 유령 사냥꾼이 되겠다며 엉뚱하게 '소설가'라는 장래희망을 대던 때에 비하면 비약적인 발전이었다. 그날 오후에 굴려야 했던 큰 공 두 개와 그날 밤에 내가 살짝 품었던 소설

창작의 꿈은 오랫동안 내 머릿속에서 사라지지 않았다.

하지만 실제로 뭔가를 쓰기까지는 더 오랜 시간이 필요했다. 그 사이 나는 스티븐 킹의 소설들을 착실히 독파해나갔다. 공부라는 것도 다시 시작했다. 행사 아르바이트를 주선해준 형은 내게 탁구를 가르쳐주었다. 공부를 하고, 탁구를 치고, 소설을 읽고, 영화를 보는 날이 계속됐다. 나는 영화감독과 소설가 사이에서 고민하고 있었다. 어떤 날은 영화감독 쪽이 우세했다가, 어떤 날은 소설가가 치고 올라왔다. 즐거운 고민을 하던 시절이었고, 무엇이든 될 수 있겠다는 희망의 기조가 차고 넘치던 드문 시절이기도 했다. 어떤 걸 선택하건 내 호러광의 기질이 발휘될 거라는 데 나는 전 재산을 걸 수도 있었다. 그 시절 나는 교회의 각종 캠프에서 가장 사랑받는 '형제님'이었다. 이유는 하나뿐이었다. 무서운 이야기를 기막히게 했기 때문이다. 초등학생 시절 친구들을 모아놓고 이야기를 들려주던 때처럼 캠프 참가자들인 선한 양들을 향해 각종 괴담들을 풀어놓았다. 물론 이야기의 질뿐만 아니라 그걸 엮어내는 솜씨 역시 훨씬 발전한 상태로.

내 이야기는 파괴력이 있었다. 클라이맥스에서 비명을 지르거나 울음을 터트리는 아이가 꼭 한 명씩은 나왔다. 어린 영혼들은 내 이야기가 끝나고 나면 꼭 기도를 드렸다. 그러고도 혼자 화장실에 못 가 친구나 선생님을 깨우는 아이들이 한두 명이 아니었다. 그 옛날의 기쁨을 다시 만끽할 수 있었다. 내 이야기에 벌벌 떠는 모습을 보는 게 좋았다. 그건 다른 이의 감정을 쥐락펴락 할 수 있다는 거니까. 나는 남을 무섭게 만드는 일을 하고 싶었다. 그 일 속에서 보람 비슷한 걸 찾을지도 모른다는 막연한 확신을 품었다. 돈이 되면 더 좋고.

인생은 알 수 없는 방향으로 굴러가기 일쑤다. 대부분의 인생은 그걸 굴려야 하는 순간의 '나'보다 훨씬 큰 공이기 때문이다. 그 공을 혼자서 굴리려 하면 내 마음대로 되지 않는 게 정상이다. 그걸 알지 못했기에 아등바등했고, 또 그걸 알지 못한 덕분에 사는 게 흥미로웠다. 나는 어느 순간, 운명처럼 시와 사랑에 빠졌다. 그렇다. 그 '시' 말이다. 시를 쓰기 시작했다. 류시화의 《그대가 곁에 있어도 나는 그대가 그립다》가 필독서이던 시절이었다. 지금 생각해 보면 웃긴 일이지만 그 당시의 나는 꽤 진지하게 시를 썼고 장래희망의 맨 앞을 '시인'이 차지하고 있었다. 내가 쓴 시는 하나같이 엉망이었다. 물론 좋아하던 여학생이나 교회 누나들에게는 통했다. 시인이 되기로 한 나는 고독과 반항을 갑옷처럼 두

르고 다녔다. 더 이상 무서운 이야기도 하지 않았다. 과묵했다. 스티븐 킹은 쓰레기라 생각하기 시작했다. 윤동주의 〈서시〉를 읽고 진짜로 눈물짓기도 했다.

내 장점 중 하나는 주제를 잘 파악한다는 것이다. 가난한 집의 4형제 중 장남으로 살다 보면 주제 파악에 능해지는 법이다. 가질 수 없는 것이 있다는 사실을 나는 꽤 오래 전에 알아버렸고 원하면 안 되는 것이 있다는 사실 역시 비슷한 시기에 깨우쳤다. 그 장점이 발휘됐다. 시에 미친 듯이 빠져들었다가 제정신을 차린 것이다. 주제를 파악하고 보니 나는 시에 대한 재능이 단 한 점도 없었다. 이야기를 만들어 내는 것과 시를 잘 쓰는 건 아무런 관계도 없었다. 시를 써서 여학생들을 감동시킬 순 있어도 심사위원들을 감동시킬 순 없다는 사실을 알게 됐다. 나는 그만하면 됐다고 생각했다. 그래서 시인이 되겠다는 꿈은 유령 사냥꾼 때처럼 일찌감치 접었다. 주제를 잘 파악하긴 했는데 허탈함은 어쩔 수 없었다. 시인 다음 순서에 있던 영화감독과 소설가라는 꿈은 어쩐지 조금 낡은 듯 보였다. 나는 다시 방황했다.

제법 길어질 뻔한 내 방황을 붙잡아 준 것은 역시 소설, 그중에서도 공포소설이었다. 시만 죽어라 파느라 한

동안 소설에서 멀어져 있던 나는 아주 오랜만에 도서관에 갔는데 거기에서 내 운명을 바꿔놓을 책 한 권을 만났다. 그게 바로 소설 《링》이었다. 내 나이 열아홉이었다. 대학 시험에는 이미 한 번 떨어진 상태였고 집안 사정은 더 안 좋아졌으며 설상가상 어머니도 큰 병에 걸리셨다. 대학보다 군대에 먼저 가느냐 마느냐를 놓고 고민하고 있던 때였다.

《링》은 신간 서가의 아래쪽 구석에 무심히 꽂혀 있었다. 제목만 봐서는 과학 서적 같지만(심지어 부제는 '바이러스'다) 나는 그 예사롭지 않은 서체에서 호러의 기운을 느꼈다. 스즈키 코지라는 낯선 작가, 게다가 익숙하지 않은 일본 소설. 여러 가지 방해 요소가 있었지만 이번에는 공을 제대로 굴렸다. 망설이지 않고 그 책을 빌린 것이다.

그때는 주로 밤에 소설을 읽었다. 가족들은 TV를 볼 시간에 나는 조용히 책을 읽는 경우가 많았다. 아니면 잠자리에 누워서 읽을 때도 있었다. 《링》은 저녁을 먹은 후 바로 읽기 시작했다. 내 기억으로는 그날 세 권의 책을 빌렸는데 다른 두 권은 제쳐두고 《링》을 먼저 집어 든 건 순전히 그 책이 제일 얇았기 때문이었다. 공포소설이라고는 짐작했지만 재미있어 봐야 얼마나 재미있겠느냐는 생각도 했다. 기껏해야 스티븐 킹의 아류가 아닐까, 살짝 그런 생각도 했고. 내 예상과 짐작과 편견은 처음 몇 장을 읽고 바로 깨졌다. 처음에 소녀가 죽을 때부터 심상치 않은 분위기를 풍기더니 비디오(다른 의미로 끝장나는 비디오!)가 등장하면서부터는 기어가 확 바뀌었다. 《링》은 그 기어를 가지고 나를 전혀 다른 세계로 인도했다. 그 세계의 끝에는 공포가 있었다. 활자를 통해 두려움을 느낀 건 그때가 처음이었다. 나는 《링》을 읽는 동안 몇 번이나 뒤를 돌아봤다. 그 저주의 비디오를 진짜로 보기라도 한 것처럼. 팔뚝을 타고 무언가가 스멀스멀 기어 다니는 느낌이 들었는데 그게 내 착각이 아니었다는 데 난 전 재산을 걸 수도 있다.

《링》은 앉은 자리에서 다 읽었다. 도무지 중간에 끊을 수가 없었다. 스즈키 코지는 스티븐 킹과는 전혀 다른 방식으로 공포를 직조했다. 스티븐 킹은 두려워할 수밖에 없는 상황 속으로 등장인물을 내몰고는 어떻게 움직이는지 보여주는데, 스즈키 코지는 그 상황 자체를 최대한 섬세하게 '묘사'했다. 예리한 바늘로 한 땀씩 뜨는 것처럼. 직접적이고 선명한 공포를 선사하는 데는 스즈키 코지의 방식이 더 효과적이었다. 나는 책을 다 읽고는 무릎을 탁 쳤다. 이렇게도 쓸 수 있구나! 공포를 이런 방식으로도 표현할 수 있구나! 그야말로 유레카였다. 막혀 있던 혈이 뻥하고 뚫린 기분이었다. 《캐리》를 읽으며 막연히 소설을 써볼까 하고 생각했다면 《링》을 통해서는 내가 누군가에게 무서운 이야기를 들려주는 방식을 그대로 소설에 접목하면 좋겠다는 구체적인 방법을 떠올렸다. 거기까지 생각하자 의지가 샘솟았다. 나는 그런 쪽으로는 무척 단순한 사람이다. 소설가가 장래희망 1위 자리에 오르게 된 건 당연한 일이었다. 그러나 앞에서도 말했다시피 내가 진짜로 소설을 쓰기 시작한 건, 더구나 공포소설을 쓰기 시작한 건 한참 후의 일이다. 인생이라는 큰 공은 마음대로 굴릴 수가 없었다. 열아홉에는 더욱 그랬다. 나는 군대에 먼저 가기로 했다. 적어도 거기서는 나 혼자 큰 공을 굴릴 필요는 없을 것 같았다. 대신에 더한 걸 많이 했지만…….

아무튼 나는 내 안의 어딘가에 소설가라는 화석이 묻혀 있다는 사실을 알게 되었다. 그게 큰 수확이었다. 다음은 아무리 오랜 시간이 걸리더라도 그걸 조심스레 발굴하면 될 일이었다.

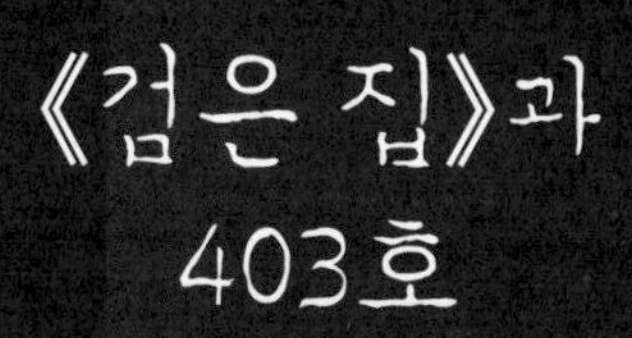
《검은 집》과
403호

스물넷, 또래보다 4년 늦게 대학 신입생이 되었다. 중학교 2학년 1학기에서 중단된 학교생활이 다시 시작된 것이다. 나는 많이 긴장했고 엄청 떨었으며 약간 얼이 빠진 상태로 대학교 1학년 1학기를 맞이했다. 내 걱정은 두 가지였다. 동기들과 잘 어울릴 수 있을까, 그리고 학비를 감당할 수 있을까. 전자의 문제는 비교적 쉽게 해결됐다. 동기들이 다 착했다. 군대까지 다녀온 늙다리 아저씨를 배척하지 않고 잘 받아주었다. 그때는 무서운 이야기 같은 건 입에 올리지도 않았다. 그런 방법으로 호감을 사는 건 지성인이 모인 대학에서는 통하지 않을 것 같았다. 대신 나는 공부를 아주 열심히 했다. 강의실 맨 앞자리에 앉았고 거의 빠지지 않고 강의를 들었다. 발표할 기회가 있으면 서슴없이 자처하고 나섰다(아무렴, 떠버리가 어디 가겠는가!).

그렇게 열심히 하니 내게 무언가를 물으러 오는 동기의 수도 늘어났고 학교 식당에서 혼자 밥을 먹지 않아도 되는 상황이 왔다. 문제는 두 번째였다. 나는 최선을 다했고 매 학기마다 장학금을 받았지만 그 외에도 들어가는 돈이 많았다. 그걸 충당하려면 아르바이트를 하는 수밖에 없었다.

사람은 잘 변하지 않는다. 변하더라도 아주 조금 변한다. 더럽고 위험한 일로 돈맛을 봤던 내가 다시 서빙이나 주유소 아르바이트를 한다는 건 불가능한 일이었다. 게다가 군대에 있으면서 더럽고 위험한 일에는 어느 정도 면역이 되기도 했다. 더 더럽고, 더 위험한 일도 해낼 자신이 있었다(그러면 돈도 더 벌 테니까).

그래서 하게 된 아르바이트를 조금 나열하자면, (당연히) 막노동, 케이블 설치, 고층 아파트 유리창 달기, 초등학교 정화조 청소, 치매 노인 돌보기, 그리고 도시가스 기사 등이 있다. 과연 더 더럽고, 더 위험해 보이지 않는가?

혹시 내가 대학에서 어떤 걸 전공했는지 궁금해하는 독자가 있을지도 모르겠다. 앞에서 실컷 소설 운운했으니 당연히 문창과나 국문과를 전공했으리라 미루어 짐작하는 독자도 있을 것이다. 나는 경영학과를 선택했다.

그것도 해운경영학과. 그때만 해도 경영학과는 무난히 취업이 잘되는 과였고, 그 앞에 '해운'이라는 단어가 붙으면 무역회사나 해운회사에 (반드시) 들어간다는 이야기가 돌았다. 나는 반드시 취업을 해야 했다. 가난한 집의 4형제 중…… 그만하겠다.

소설가가 되고 싶었지만 그걸 직업으로 삼겠다는 허황된 생각을 할 만큼 내가 현실 감각이 떨어지는 사람은 아니었다. 그때까지도, 그리고 그 후로도 오랫동안 소설은 취미의 영역에 머물러 있었다. 그러니까 삼엽충 정도 되는 화석이라 생각한 것이다. 발굴하고 보니 그게 브라키오사우루스라는 걸 알게 되었고 나는 적잖이 당황했다. 어쨌든 스물네 살 그때는 발굴의 'ㅂ'을 간신히 쓰는 수준이었고 도구도 작은 붓 하나가 다였다. 나는 자랑스러운 '해운인'이 되겠노라는 야심찬 꿈을 품고 있었다.

경영학을 전공하다 보니 효율이 아주 중요하다는 걸 배우게 됐다. 효율이 떨어지는 건 우리 학교 앞바다에 갔다 버려야 한다. 이를 테면 소설가 같은 것. 특히 호러 소설가는 감히 입에도 올리지 못할 비효율적인 '무언가'였다. 내가 했던 아르바이트는 매우 효율적인 일이었다. 시간은 적게 들고 돈은 많이 받았으니까. 물론 그만큼 위험도가 올라갔지만 그때는 그게 대수가 아니었다.

그렇다면 저 많은 아르바이트 중 가장 위험했던 일은 무엇일까?

당연히, 도시가스 기사였다.

우리 학교 도서관은 끝장나게 멋진 곳이었다. 창문가에 갈매기가 날아와 앉기도 하고 바람이 많이 부는 날에는 파도치는 소리가 들리기도 했다. 그리고 내가 좋아하는 소설들이 많았다.《링》시리즈도 다 있었고 스티븐 킹의 신간도 나오는 족족 구비가 됐다. 나는 학교 도서관에서 다른 의미의 발굴을 했다. 공포소설을 찾아다닌 것이다. 스티븐 킹과 스즈키 코지와 딘 쿤츠가 아닌 다른 작가의 공포소설을 열심히 찾았는데 대개는 허탕을 쳤고 아주 가끔 물건을 건지기도 했다. 기시 유스케의《검은 집》은 내가 학교 도서관에서 건진 물건 중 최고였다.

가끔 갈매기가 날아와 앉는 창가 옆 자리에서 나는《검은 집》을 읽었다.《검은 집》역시 표지부터 '나는 공포소설'이라는 주장을 강하게 했는데,《링》때와 마찬가지로 그 표지를 보자마자 촉이 왔다. 제목도 마음에 들었다. 집은 집인데 '검은' 집이라니, 으스스한 느낌은 물론이고 어딘가 불길한 기운도 물씬 풍겼다. 그날을 기억한다. 잊을 수 없는 작품과 만나는 순간은 언제나 선명한 법이니까. 기말고사를 보려면 아직 몇 주 정도 남았고 리포트는 이미 제출했다. 게다가 오후 강의는 휴강. 대학생에게 찾아오는 몇 안 되는 자유로운 순간이 바로 그때였다.

그렇게 비교적 가벼운 마음으로 읽기 시작했는데 웬걸, 《검은 집》은 만만한 공포소설이 아니었다. 보험, 심리학, 법의학 등에 대해 두루 다루면서도 재미를 잃지 않는 건 물론이고 정말로 무섭기까지 했다. 《검은 집》의 '사치코'는 평범한 여성이다. 사이코패스라는 설정이 들어가 있긴 하지만 어쨌든 그냥 사람인 것이다. 캐리나 사다코처럼 초능력을 가진 것도 아니고 오컬트적인 무슨 술수를 쓰는 것도 아니다. 귀신이 되지도 않는다. 그런데도 사치코는 어마어마한 공포를 선사했다. 《미저리》의 '애니 윌킨스'보다 더 독하고 파괴적인 광기로 거침없이 살해 행각을 벌이는 이 희대의 악녀 앞에서 나는 두 손을 들 수밖에 없었다. 특히 주인공이 검은 집에 들어가서 사치코를 피해 숨어 있는 장면에서는 나도 숨을 멈추고 그 페이지를 읽어 내려갔다.

이런 걸작 공포소설이 숨어 있었다니!

《검은 집》은 내 발굴 의지에 불을 지피는 한편 언제나 제일 무서운 건 '사람'이라는 평소의 지론에 힘을 실어준 작품이었다. 군대에 있을 때도 수많은 괴담을 들었지만 제일 무서웠던 것은 선임과 간부였으니까. 그중에서도 제일 무서웠던 사람은 '미친개'라는 별명을 가진 보급관이었다. 이 인간은 도무지 예측할 수가 없었는데, 기분이 좋을 때는 한없이 잘해주다가도 뭔가 수가 틀어지면 병사들을 잔인할 정도로 괴롭혔다. 맞네. 그 미친개도 사이코패스였네. 《검은 집》을 읽고 나니 알 수 있었다.

도시가스 기사가 위험한 일이라는 말에 의아해할 수도 있겠다. 물론 직접적인 위험이 도사린 일은 아니었다. 초등학교 정화조 청소는(그 안에 들어가야 했다) 세상 더러운 일이었고, 아파트 유리창 달기는 이러다 떨어져 죽는 게 아닐까 싶을 만큼 힘들었으며, 치매 노인 돌보기는…… 어휴, 떠올리고 싶지도 않다. 사실 그런 일들에 비하면 도시가스 기사는 양반이었다.

나는 잠시 휴학을 하고 8개월 동안 그 일을 했는데 티코를 타고 다니면서 각 세대의 계량기를 교체하는 게 주 업무였다. 이렇게만 보면 하나도 위험하지 않다. 실제로도 그랬다. 계량기 교체야 장비만 있으면 초보자도 할 수 있다. 문제는 (언제나) 사람들에게 있었다. 위험 요소도 사람이었다. 그 일을 하면서 정말로 다양한 사람을 만났다. 그리고 가스계량기가 달린 곳이라면 어디든 가야 했다. 조폭들이 진을 치고 있던 사설도박장, 유명 그룹 회장의 별장, 남녀가 반나체로 누워 있던 어느 수상한 술집, 썩은 내 풀풀 풍기던 반지하까지. 일일이 거론하기도 힘들 만큼 많은 곳에서 일일이 거론할 수도 없는 사람들을 상대했다. 그중에서도 으뜸은 403호 여자였다. 그러니까 제일 위험했던 사람 말이다. 지금부터 그 이야기를 하겠다.

가스계량기 교체를 하려면 일주일 전에 미리 공지한다. 옛날 집들은 가스계량기가 집 안에 설치된 곳이 많아 기사들이 방문하기 전에 공지는 필수였다. 특히 아파트는 한 단지 전체를 교체해야 하는 경우가 종종 생기기에 각 동 입구는 물론이고 게시판에도 언제부터 가스계량기 교체를 하겠다는 안내문을 꼭 붙인다. 그러니까 '그 여자'는 내가 올 것을 미리 알고 있었다.

때는 가을, 나는 시내의 작은 아파트 단지를 돌며 계량기를 교체하고 있었다. 가을이긴 해도 아직 더웠고 엘리베이터가 없는 그 아파트를 오르락내리락 하는 건 무척 힘들었다. 보통은 위에서부터 내려오며 교체한다. 나는 5층을 다 돌고 아파트 4층으로 내려왔다. 그러고는 한숨을 돌리며 다음 목표를 바라봤다. 403호. 문이야 뭐 특별할 것도 없었다. 그런데 문 앞에 뭔가가 많이 붙어 있었다. 그러니까 광고지 같은 것들. 혹시 사람이 없는 건가? 문득 그런 생각을 했다. 보통은 문을 열고 들어갈 때 그런 광고지를 떼기 마련이니까. 사람이 없다면 곤란했다. 일단은 초인종을 눌렀다. 대답이 없었다. 한 번 더 눌렀다. 여전히 대답이 없었고 나는 404호를 향해 몸을 돌렸다. 그때였다.

"누구세요?"

여자 목소리였는데 아주 허스키했다. 억양도 독특했다. '누구'는 느리고 길게 빼다가 '세요'에 이르면서 빠르고 높게 변했다. 그래서 "누구우우세요!"처럼 들렸다. 그 순간만 해도 사람이 있다는 사실에 반가워하며 나는 목적을 밝혔다.

"도시가스 기산데요, 계량기 교체하러 왔습니다."

잠시 침묵이 흐른 후 여자가 말했다.

"들어오오오세요!"

문손잡이를 돌렸는데 애초에 잠겨 있지도 않았다. 이런 경우는 드물었다. 고개를 갸우뚱하며 문을 연 순간, 나는 내 눈을 의심했다. 여자는 현관에 서 있었다. 그런데 포즈가 예사롭지 않았다. 왼손은 골반에 얹고 오른손으로는 벽을 짚은 자세. 게다가…… 여자는 안이 훤히 비치는 슬립만 입고 있었다. 뭔가가 잘못됐다는 사실을 깨달은 나는 고개를 푹 숙이며 다시 문을 닫으려 했다.

"죄, 죄송합니다."

"괜찮아요. 들어오세요."

여자가 말했는데, 당연히 '괜차아안아요!'로 들렸다.

"아니. 다음에……."

"괜찮다니까요!"

마지막의 느낌표는 내가 그냥 붙인 게 아니다. 여자의 말투에 뾰족한 가시가 돋아나 있었다. 느낌표의 형태로.

이쯤 되니 그냥 나갈 수 없었다. 그랬다가는 여자가 항의 전화라도 할 것 같았다. 왜 우리 집 계량기는 교체를 안 해주나아아요! 서비스 기사에게 항의 전화는 치명적이었다. 게다가 나는 바로 그 전달에 친절 기사로 뽑히기도 했다.

"알겠습니다. 그럼."

나는 서둘러 계량기를 교체하는 쪽을 택했다. 재빨

리 갈아 끼운 후 줄행랑을 놓는 것이다. 그 전까지는 여자를 똑바로 쳐다보지 말고. 여자가 (훤히 비치는) 슬립'만' 입고 있었다는 이유 하나로 그런 결정을 내린 건 아니었다. 아! 물론 그건 아주 중요한 문제였다. 도시가스 기사 교육을 받을 때도 강사가 몇 번이나 강조했으니까. 고객이 여성일 때 특히 행동을 조심하라. 당연한 말이었다. 그런데 그것 말고도 한 가지 더 마음에 걸리는 게 있었다. 그건 그 여자가 내뿜는 분위기였다. 정상과 비정상의 경계를 정확하게 나누기는 힘들지만 그래도 굳이 선을 긋는다면 여자는 이쪽, 그러니까 비정상 쪽에 더 가까워 보였다. 눈빛이며 말투, 무엇보다 눈만 빼고 얼굴의 모든 근육을 다 사용해 웃는 그 모습을 나는 위험 신호로 받아들였다.

그 아파트의 계량기는 모두 주방에 있었다. 가스레인지 위쪽. 위험천만한 구조였지만 그 시절엔 아무도 신경 쓰지 않았다. 나는 식탁용 의자 하나를 밟고 올라가 계획대로 서둘러 작업을 시작했다. 밸브를 먼저 잠그고, 렌치로 이음새를 열고…….

턱! 하는 소리에 뒤를 돌아봤다. 그 여자가 내 뒤에 의자를 놓고 앉아 있었다. 나를 바라보면서 슬립 아래로 훤히 드러난 다리를 꼬고서! 그런 일은 처음이었다.

대개 기사가 작업하는 모습을 뚫어져라 바라보지는 않는다. 민망하기도 하고 재미도 없기 때문이다. 서로에게 관심을 기울이지 않다가 기사가 "자, 다 끝났습니다!" 하면 인사를 나누고 헤어지는 것이 암묵적인 룰이었다.

여자의 룰은 아무래도 조금 다른 모양이었다(슬립만 입고 손님을 맞이할 때부터 그건 알아챘다). 여자는 그 자세 그대로 내게 여러 가지를 물었다. 애인은 있느냐, 벌이는 잘되느냐, 기술은 언제 배웠느냐, 힘든 점은 없느냐, 뭐 그런 질문들. 질문 내용은 평이했지만 내가 대답을 할 때마다 "흐으음" 하고 넣는 추임새가 무척 신경 쓰였다. 나는 최대한 빨리 작업을 마무리한 후 의자에서 내려왔다.

"얼만가요?"

여자의 물음에 나는 고개를 저었다.

"계량기 교체는 원래 무릅니다."

"어머! 서비이이스?"

그렇게 말한 후 뭐가 그리 웃긴지 여자는 한참 웃었고 그 사이 나는 슬금슬금 현관을 향해 걸어갔다. 그 순간 여자가 내 팔을 잡았다. 서늘한 감촉을 잊을 수가 없다. 분명 손은 차가웠는데 손바닥에는 땀이 가득해 내 팔에 축축하게 묻었던 것을 아직 기억한다.

"커피 마시고 가세요."

나는 다행히 거절을 잘하는 성격이었다.

"아. 저 원래 커피를 안 마십니다."

"그럼 우유라도."

"우유를 마시면 배가 아파서……."

"오렌지 주스도 있고."

여자의 집요함 속에서 언뜻 '사치코'를 엿봤다고 하면 내가 큰 오해를 한 것일까? 그 순간에는 여자가 무얼 권하든 절대 마시면 안 된다는 생각을 강하게 했다. 분명 뭔가를 탔어! 그런 경고의 외침이 머릿속에서 메아리쳤다. 나는 여자의 손을 뿌리치다시피 하며(그렇다. 여자는 그때까지 내 팔을 꼬오옥 붙잡고 있었다) 몸을 돌렸다.

"죄송합니다. 제가 진짜 바빠서요."

"아깝다."

여자는 진짜로 그렇게 말했다.

아깝다고. 순간 고개를 돌려 뭐가 아까운지 물어볼 뻔했지만 나는 잘 참았다. 뒤를 돌아봤다가 소금기둥이 되고 만 롯의 아내 이야기를 나는 이미 알고 있었다. 아무렴, 나는 성경 공부도 열심히 했다.

나는 공구가방을 든 채 서둘러 자물쇠를 풀고(아까는 잠겨 있지 않았는데……) 문을 열었다. 여자가 갑자기 달려들지 않을까 하는 걱정을 하며 서둘러 복도로 나갔다. 그러고는 뒤도 돌아보지 않고 문을 닫고는 한참 숨을 골랐다. 그런 후에야 다시 고개를 돌려 문을 바라봤다. 403이라는 숫자와 덕지덕지 붙은 광고지들이 이렇게 외치고 있었다. 탈출에 성공한 걸 축하해!

내 이십대 중반은 학업과 아르바이트로 거의 다 설명할 수가 있다. 그런 사이, 그러니까 공부하고 일하던 그 중간에 드디어 조금씩 소설을 써내려갔다. 그때쯤에는 우리나라 작가의 공포소설도 간간이 출간됐다. 유일한의 《어느 날 갑자기》는 대여점에서 빌려봤고, 이종호의 《모녀귀》(영화 〈분신사바〉의 원작이다)는 학교 도서관에서 발견한 물건 중 하나였다. 《퇴마록》 역시 재미있게 읽기는 했지만 그건 내가 생각하는 공포소설과는 달랐다. 우리나라 작가의 공포소설을 읽자 내 창작 욕구는 더 샘솟았고 발굴하겠다는 의지도 높아졌다(물론 그때까지도 삼엽충이라 생각했다). 하지만 소설가가 되려면 뭘 해야 하는지 알 수 없었다. 내가 과연 글을 잘 쓰는 건지도 알 수 없었다. 소설 비슷한 걸 끼적이긴 했는데 이게 과연 소설이 맞는지 확인해줄 사람도 없었다. 그때는 막연하게 신춘문예에 당선이 되어야 한다고 생각했다. 그래서 4학년 마지막 학기 동안 나는 열심히 신춘문예를 준비했다. 물론 더 열심히 했던 건 취업 준비였다.

나는 무사히 취업에 성공했다. 해운 회사도 아니고 무역 회사도 아닌 잡지사에. 인생은 역시 예상한 대로 흘러가지 않는 법. 큰 공의 궤적은 한 치 앞도 내다보기 힘들다. 앞이 보이지 않는 상태에서 최대한 열심히 굴리고 굴리다 보니 서울에 있는 잡지사에 도착하게 되었다. 아무튼, 좀 갑작스러운 취업이라 당장 다음 주부터 서울 생활을 시작해야했기에 나는 마음이 바빴다. 제일 큰 문제는 집이었다. 내게는 보증금을 낼 만한 목돈이 없었다. 그랬기에 오히려 더 고민할 것도 없었다. 보증금 없이 당장 기거할 수 있는 곳은 고시원뿐이었으니까. 나름 인터넷으로 여러 번 알아본 끝에 회사 근처에 있는 체인점 형 고시원에 입주했다.

커다란 짐 가방을 들고 서울역에서 내리던 순간이 생생하다. 나는 복합적인 감정에 시달리고 있었다. 해방감, 후련함, 기쁨, 슬픔, 그리고 그 모든 감정의 밑바닥에서 넙치처럼 숨어 있던 두려움. 어떤 의미로든 독립을 한 것은 그때가 처음이었고 진정한 의미의 사회생활을 하는 것도 그때가 처음이었다. 그래서 두려웠다. 전날 잠을 설칠 만큼. 당시의 내 눈에는 미로처럼 보이던

노선도를 따라 지하철을 두 번 갈아탄 뒤에 고시원 앞에 도착했다. 고시원은 5층 건물의 3층과 4층을 쓰고 있었는데, 3층이 여성용이고 4층이 남성용이었다. 내가 전화를 하자 총무 형이 손수 내려왔다. 덩치가 크고 수더분한 인상의 남자였다. 그리고 말이 많았다.

"너 정말 잘한 거야. 내가 나이가 많으니까 너라고 불러도 되지? (나는 고개 끄덕) 아무튼 넌 잘한 거라고. 3만 원 더 내고 창문 있는 방 골랐지? 3만 원 아까워서 안쪽 방 선택하는 사람도 많은데 그러면 백이면 백 후회해. 아무리 작아도 창문이 있고 없고는 차이가 크거든. 일단 환기도 되지, 햇빛도 들어오지. 근데 너 고시원 처음이지? 그러면 너무 충격 받지는 마라."

총무 형이 그 말을 했을 때 우리는 막 4층 복도로 들어섰다(어쩌면 타이밍을 맞춘 걸지도 모르겠다). 나는 충격을 받았다. 그것도 아주 크게. 이건 뭐, 말이 복도지 사람 한 명이 지나가기에도 비좁은 공간이었다. 게다가 매우 어두웠다. 퀴퀴한 냄새는 두말할 것도 없었다. 공포소설의 배경으로 쓰면 딱 좋을 것 같았다. 운명이었는지, 그때 내 짐 가방 속에는《샤이닝》이 들어 있었다.

"자, 어서 들어와. 지금 창가 쪽에 빈 방이 두 개 있어. 둘 중 어떤 걸 쓸래?"

총무 형의 말에 나는 정신을 차렸다.

"몇 호가 비었나요?"

"402호와 403호 중 하나를 쓰면 돼. 구조는 똑같아. 어차피."

403호!

그 순간 기억이 되살아났다. 403호에서 만났던 그 여자!

얄궂은 상황이었다. 나는 미신 같은 건 믿지 않았지만, 그리고 그 시점에는 운명도 믿지 않았지만 어쩐지 그게 무언의 경고처럼 느껴졌다. 전혀 다른 두 공간임에도 불구하고 그 아파트 문과 고시원 방문이 겹쳐 보였다.

"402호 할게요."

나는 망설이지 않고 대답했다.

"좋아. 그럼. 문 열어줄게."

그 후로도 또 먼 훗날, 결혼을 한 내가 몇 번의 이사 끝에 빌라 하나를 장만했는데 그게 마침 402호가 되었으니 운명이란 건 진짜 있는 건지도 모르겠다.

아까 내가 복도에서 충격을 받았다고 했던가? 그랬다면 실수다. 취소하겠다. 복도에서도 충격을 받았지만 402호 문이 열린 후에 받은 충격은 그게 충격이 아니게 느낄 정도의 큰 충격이었다. 머릿속에 거대한 폭탄이 투하된 것 같았다. 그곳은…… 사람이 살 만한 공간이 아니었다. 침대가 놓여 있고, 신문지를 반으로 접은 것 같은 창문이 뚫려 있고, 책상도 있고, 옷장도 있고, 심지어 TV와 냉장고도 있었지만 그 좁은 곳에선 누구도 살지 못할 것 같았다. 내가 막연하게 품던 두려움이 이 고시원에서 실체화된 것 같았다. 어이, 네가 오길 기다리고 있었다고! 크크.

"좀 좁지? 근데 살다 보면 적응돼."

총무 형은 그렇게 말하면서 내 등을 슬쩍 떠밀었다. 나는 그런 식으로 고시원에 첫 발을 디디게 됐다. 짐을 풀고(《샤이닝》을 침대 위에 꺼내 놓고 보니 너무 을씨년스러워서 옷장에 넣어 버렸다) 어머니에게 전화를 하는데 방은 어떤지 묻는 질문에 둘러대느라고 용깨나 썼다.

"어, 어. 살 만해. 있을 건 다 있네. 하하."

정말로, 있을 건 다 있었다.

그리고 없었으면 하는 것도 있었다.

소리들. 우라질 그 소리들!

나는 첫날 밤 한숨도 자지 못했다. 사방에서 소리가 들려왔다. 늘 동생들과 한 방을 썼기 때문에 기척에는 둔감했는데도 밤새 들리는 미쳐버릴 것 같은 소리에는 도무지 적응할 수 없었다. 누군가의 기침 소리, 통화 소리, TV 소리, 방귀 뀌는 소리, 침대 소리, 이상한 신음…….

하지만 결정적으로 나를 괴롭힌 건 중얼거림이었다. 누군가가 낮은 목소리로, 그러나 아주 빠르게 알아들을 수 없는 말을 중얼거리고 있었다.

그 소리는 옆방, 그러니까 403호에서 들려왔다.

착각이 아니냐고? 차라리 착각이었으면 좋겠다. 그러나 착각하기에는 내 정신이 워낙 멀쩡했고 그 소리의 근원도 분명했다. 아주 작긴 했지만 분명 403호 소리였다. 내가 고시원에 처음 갔을 때는 금요일이었고 주말이 지나면 출근을 해야 했다. 그런데 이런 상황이라면 주말 내내 한숨도 못 잘 게 뻔했다. 나는 그 다음 날 아침 당장 총무 형을 찾아갔다.

"저…… 403호, 비어 있는 게 확실한가요?"

총무 형은 짜파게티를 먹고 있었다(눈짐작이긴 하지만 두 개를 끓인 게 분명해 보였다).

"비어 있지. 왜?"

"아니, 그 방에서 계속 소리가 들려서요."

"아! 그래?"

총무 형은 별 일도 아니라는 듯 "읏차!" 하면서 일어나서는 가보자고 했다.

"그게…… 지금은 안 들려요."

"그래, 그래. 알았어. 내가 해결해볼게."

총무 형은 숨을 몰아쉬며 계단을 올라 나와 함께 403호 앞에 섰다. 그러고는 문손잡이를 돌려봤다. 잠겨 있었다.

"역시."

뭐가 '역시'인지는 모르겠지만 아무튼 나는 조용히 바라봤다. 총무 형은 열쇠로 문을 열고는 안으로 들어갔다. 내 방과 똑같은 공간이 거기 있었다. 완전히 똑같아 섬뜩할 정도였다. 총무 형은 잘 보라는 듯 나를 향해 돌아섰다.

"빈 방 맞지?"

"분명 소리가 들렸어요!"

"가끔 그래."

엥? 그게 뭔 소린가요, 형님.

"이러면 될 거야."

총무 형은 그렇게 말하더니 침대 매트리스를 빼내기 시작했다. 낡은 매트리스가 빠지자 그보다 더 낡은 침대가 앙상하게 모습을 드러냈다. 저러니 돌아누울 때마다 소리가 나는 거구나, 하고 생각했다. 그건 그렇고, 매트리스와 속삭이는 소리는 도대체 무슨 상관이란 말인가. 총무 형은 매트리스를 옥상으로 옮기면서(너도 좀 도와) 내 궁금증에 답을 해줬다.

"그런 일이 생길 땐 이러는 게 효과가 있더라고. 매트리스, 한 이틀 햇빛에 잘 말리면 될 거야."

이건 뭐 과학도 아니고 무속 신앙도 아니고 그렇다고 미신도 아니었다. 어쩌면 고시원 바닥에서만 내려오는 법칙인지도 모를 일이었다. 내가 불신 가득한 눈빛으로 바라보자 총무 형은 한마디를 덧붙였다.

"또 소리 들리면 방 바꿔줄게."

대부분의 독자들은 짐작했겠지만, 소리는 들리지 않았다. 다른 소리는 여전했지만 바로 옆방에서 들리던 그 중얼거림은 자취를 감췄다. 내 상식으로는 도무지 설명이 안 되는 일이었다. 하긴, 그 좁은 공간에서 인간이 살아간다는 것 역시 그때까지의 내 상식으로는 납득할 수 없는 일이긴 했다. 삶의 영역이 확장될 때마다 상식의 성장판 역시 조금씩 열린다. 그리하여 과거에는 불가능하리라 믿어 의심치 않았던 것들이 가능의 영역으로 성큼 들어오기도 한다. 나는 고시원에서의 삶에 놀랍도록 빨리 적응했다. 조용히 살아가는 법을 익혔고 온갖 소음에도 숙면을 취하는 사람이 되었다. 회사 생활도 무탈했다. 고시원에서 회사까지는 걸어서 15분이 채 안 걸렸다. 6시에 퇴근하면 곧장 고시원으로 돌아와 씻고 저녁을 먹고 공포 영화를 한 편 본 다음, 그리고…… 소설을 썼다.

낡은 '델(Dell)' 노트북을 책상에 올려놓고 내가 좋아하는 이야기를 마음껏 써내려갔다. 그러니까 무서운 이야기 말이다. 여전히 신춘문예밖에 몰랐지만 거기에 맞는 소설을 쓰는 건 진짜 지겨운 일이었다. 그래서 어차피 취미 생활을 하는 거 내가 쓰고 싶은 이야기를 쓰자고 마음먹었다. 그랬더니 이야기가 술술 나왔다. 무섭고 괴이하며 한편으로는 인간의 감정을 슬쩍 건드리는 소설들이었다. 솜씨가 썩 훌륭하진 않았지만 아이디어는 좋았다. 나는 그렇게 생각한다.

그리고 얼마 후, 나는 아주 작은 공모전에서 상을 받았다. 무려 공포 단편 소설을 뽑는 공모전이었다. 상금이 없는 대신 특전이 주어졌다. 그 해 여름에 출간될 공포소설 단편집에 작품이 실린다는 것이었다. 그건 곧 소설가로 데뷔한다는 뜻이다. 그때부터였을 것이다. 내가 발굴하고 있는 게 삼엽충이 아닐지도 모른다고 생각한 건(그렇다고 브라키오사우루스라는 생각은 전혀 못했지만). 책이 나왔다. 저자로 내 이름이 찍혀 있었다. 세상에 이런 일이! 그 모든 게 고시원 402호에서 이루어졌다. 이상하게도 403호는 계속 빈방인 채로 남아 있었다.

호러가
'호러'하다

공포라는 감정은 대단히 주관적이다. 슬픔이나 기쁨 역시 주관의 영역에 들어가지만 그 폭이 넓다. 내가 옆 사람에게 들려준 슬픈 이야기가 그 옆에 앉은 또 다른 사람에게도 통할 확률이 그만큼 높다는 이야기다. 반면에 공포는 개개인의 취향과 성장 배경 같은 변수까지 고려해야 한다. 그걸 고려해도 내가 무섭다고 생각하는 걸 남도 똑같이 느낄지는 장담할 수 없다. 슬픔과 기쁨이 공중파만 나오는 TV라면, 공포는 위성방송까지 다 나오는 TV라 할 수 있겠다. 그만큼 채널이 많다. 나는 귀신이나 괴물 같은 건 전혀 무서워하지 않는다. 그런데 개와 놀이기구를 진짜로 무서워한다. 특히 개! 아무리 작고 귀여운 강아지라도 내 옆으로 다가오면 나는 뒷걸음질 친다. 어린 시절에 송아지 같은(그때 내 눈에는 그렇게 보였다) 맹견에게 쫓긴 경험이 있어서다. 내가 개를 무서워한다고 하면 다들 코웃음을 친다. 아니, 호러 작가가 개를 무서워한다고요? 뭐, 이런 느낌으로. 그런데 정말로 무서운 걸 어떡하나. 내가 개를 무서워하는 것과 비슷한 느낌으로 다른 누군가는 식물을 무서워할 수도 있고, 또 다른 누군가는 솜사탕 같은 걸 무서워할 수도 있는 거다. 그런 사람에게 백날《쿠조》같은 이야기를 해봐야 씨도 안 먹히는 거지.

독자가 선호하는 채널에 딱 맞춘 공포를 선사하는 것, 그게 내 새로운 고민거리가 됐다. 이왕이면 다수의 독자가 좋아할 만한, 그러니까 무서워할 만한 채널을 어떻게 찾을 수 있을까. 나는 소설가가 된 후로 지금까지 계속 그걸 고민한다.

우리나라에 잠시 불던 '호러 붐'은 몇 년을 못가고 사그라졌다. 활발하게 출간되던 공포소설도 그 수가 줄었고 영화 역시 저질 호러 영화만 양산해 내다가 망하고 말았다. 이렇게 된 데에는 몇 가지 이유가 있지만 그 중 가장 큰 이유가 바로 소비자와 채널을 맞추는 데 실패했기 때문이다. "놀이공원 솜사탕이 인간을 공격하는 이야기를 해달란 말이야!"라고 외치는 소비자를 향해 계속해서 광견병 걸린 세인트버나드 이야기를 들이댔으니 안 통할 수밖에.

어느 날 선배 작가 한 명이 술에 취해 이렇게 이야기했다.

"아무리 무섭게 써도 유영철을 못 이겨."

유영철은 2004년에 체포됐는데 그 후에도 이 희대의 연쇄살인마와 관련된 괴담이 끊임없이 재생산됐다. 그 괴담은 유영철을 모델로 한 영화《추격자》가 개봉해 흥행하면서 절정을 이뤘다. 초인종이 울린 뒤 봤더니 남편의 잘린 목이 바닥에 있더라, 하는 괴담은 사람들의 공포심을 손쉽게 자극했다. 그러니까 그건 선호하는 이가 아주 많은 채널이었다.《추격자》는 스릴러의 외피를 두른 호러 영화에 가깝다. 홍보 역시 스릴러로 했지만 영화 전반에 흐르는 분위기와 긴장을 유발하는 연출 기법 등은 전형적인 호러 영화 공식을 따르고 있다. 영리한 사람들은 이런 이야기가 먹힌다는 걸 알아챘다. 비슷한 분위기의 영화는 물론이고 책도 쏟아져 나왔다. 외서도 많이 번역됐다. 그런 작품들은 다 스릴러라는 딱지를 붙이고 있었다. 아니면 미스터리(이 장르만큼 어디에 갖다 붙여도 어색하지 않는 게 없다). 호러광의 입장에서는 못내 섭섭한 일이었다. 분명히 호러인데 호러를 호러라 부르지 못한다니, 정말 답답한 노릇이었다.

호러의 침체기는 계속됐다. 스티븐 킹은 여전히 책

을 생산해 내고 있었지만 스즈키 코지며 기시 유스케는 다른 장르를 파기 시작했다. 그 사이 나는《밤의 이야기꾼들》이라는 공포소설을 펴냈다. 일종의 옴니버스 식 장편소설이었는데 귀신, 도플갱어, 빨간 마스크 등 유년 시절에 내가 열광했던 캐릭터들을 다 집어넣었다. 언젠가 장편을 쓴다면 꼭 한 번 그렇게 해보고 싶었다. 심지어《밤의 이야기꾼들》의 어떤 이야기는 내가 초등학교 때 생각해둔 걸 그대로 쓴 것이다. 그때만 해도 몇몇 작가들이 다 죽어가는 호러 장르에 심폐 소생술을 하고 있었다. 내 책은 소소하게 팔려나갔지만 다음 장편소설에 뛰어들 만큼의 수입을 가져다주지는 못했다. 그렇다. 그 당시 나는 무모하게도 전업 작가 생활을 하고 있었다. 발굴해 나가다 보니 너무 큰 어떤 공룡의 뼈와 지나치게 닮아서 적잖이 당황하고 있던 때이기도 했다. 호러 장르에 대한 내 사랑은 예상보다 훨씬 컸고 소설에 대한 열망 역시 그랬다. 그걸 심지어 나조차도 제대로 파악하지 못하고 있었다.

한 번은 편집자와 식사하는 자리에서 이런 대화가 오가기도 했다.

"다음에는 어떤 이야기를 쓸 거예요?"

이런 이야기는 괜히 신나는 법이다.

"노인들만 사는 작은 섬에 대학생들이 놀러갔는데 마침 좀비가……."

"또 호러요?"

좀비를 호러 장르에 넣을 수 있는가를 두고 호러광 사이에서 의견이 분분하긴 했지만 일단 나는 고개를 끄덕였다.

"안 돼요. 작가님. 호러는 이제 안 팔려요."

크윽. 나도 안다고요.

"그럼 시골 마을에 물귀신이…… 이거도 호러네요. 하하."

"다른 건요?"

"귀신을 퇴치하는 게 아니라 귀신을 위로해주는…… 아!"

"다른 거요."

"고시원 빈방에서 사람 소리가……."

속된 말로 다 까였다. 그러고 보니 내가 생각해둔 이야기는 죄다 호러였다. 출발점이 거기였으니 어쩌면 당연한 일이었다.

"이제 호러의 시대는 완전히 갔어요. 스릴러를 써야 해요. 앞으론 호러 내주는 출판사도 없을 걸요?"

그 편집자의 예상은 정확히 맞아떨어졌다. 한 가지

놓친 게 있다면 호러를 내주는 출판사뿐만 아니라 그걸 쓰는 작가 역시 사라졌다는 사실이다. 심폐소생술에서 다 손을 떼버린 것이다. 닭이 먼저인지 달걀이 먼저인지는 중요하지 않다. 주목해야 하는 건 언제나 현실이다. 나와 함께 호러 장르에 매달리던 소설가 대부분 다른 장르로 전향했다. 작가로 살아남기 위해 어쩔 수 없이 선택한 길이었다. 나도 한동안 호러를 외면한 채 살면서 추리와 스릴러, 그리고 SF 단편을 썼다. 물론 그 순간도 즐거웠다. 계속 소설을 쓸 수 있다는 것만으로도 다행스러운 일이었으니까. 게다가 각 장르마다 서로 자기가 더 마이너하다며 죽는 소리 하는 걸 보는 재미도 있었다. 전반적으로 책이 안 팔렸기에 모두 그런 소리를 할 수밖에 없었다. 하지만 죽는 소리가 아니라 정말로 죽어버린 장르에서 넘어온 내가 보기에는 다 배부른 투정일 뿐이었다.

첫 번째 장편소설을 발표하고 몇 년간 나는 호러에 대한 열망만 가진 채 다른 소설들을 써왔다. 그런 중에도 호러 장르의 창작물은 꾸준히 챙겨봤다. 몇 편의 인상적인 호러 영화도 있었다. 하지만 우리나라에서는 다 흥행에 실패했다. 공포소설은 그야말로 가뭄이었다. 그

나마 일본 작가의 공포 단편 소설이 간간이 소개되기는 했는데 《링》과 《검은 집》을 생각하면 아쉬울 수밖에 없었다. 스티븐 킹은 더 재미있는 이야기를 쓰는 대신 귀신이나 유령 같은 건 좀 빼기로 한 것 같았다. 그쪽도 상황이 비슷한 게 아닐까 미루어 짐작할 뿐이다.

그러던 중에 호러광에게는 축복이 될 만한 영화 한 편이 개봉했다.

그게 바로 《컨저링》이다.

나는 이 영화를 극장에서만 두 번 봤는데, 한 번은 다른 사람들과 그리고 또 한 번은 혼자 봤다. 《컨저링》은 호러 중에서도 '하우스호러' 장르의 법칙대로 만들어진 영화였다. 귀신이 붙은 집에 이사 온 선량한 가족, 이상한 낌새를 눈치 채는 아이들, 그리고 벌어지는 초자연적인 사건들. 저 멀리는 1963년 영화 《더 헌팅》부터 ('얀 드봉'의 리메이크 작作은 최악이다) 스필버그의 《폴터가이스트》, 그리고 《스켈리톤 키》 등으로 이어지는 하우스호러의 계보는 꽤 탄탄하다. 그리고 긍정적인 의미의 '전형성'을 획득해 놓았다. 《컨저링》은 그 튼튼한 전형성 위에 현대적인 연출을 가미해 관객을 공포로 몰아넣었다. 그 당시는 물론이고 몇 해 전으로 거슬러 올라가도 《컨저링》만큼 잘 만든 호러 영화를 찾기는 힘들었다.

게다가 흥행에 성공했다!

호러광이라면 《컨저링》을 보고 열광하지 않을 수 없었다. 나도 마찬가지였다. 잠자고 있던 호러의 피가 뜨겁게 되살아났다. 주위의 작가들도 찬사를 보냈다. 이때다! 나는 그렇게 생각했다. 바로 지금이라고. 바야흐로 이 작품을 통해 호러는 다시 부흥할 것이고 나 같은 생각을 가진 소설가가 너도나도 새 공포소설 집필에 돌입할 것이라고. 질 순 없었다. 그래서 나도 다시 공포소설을 쓰기 시작했다. 《컨저링》이 아주 서양적인 공포를 선사했으니 나는 물귀신이 나오는 이야기를 써서 동양적인 공포를 보여주겠노라 다짐하면서.

먹고사는 것과 관련된 이런 저런 이유 때문에 집필은 더디기만 했다. 나는 애가 탔다. 다른 작가들이 금방이라도 멋진 공포소설을 발표할 것만 같았다.

애를 태우며, 그리고 가족들의 애도 태우며 새 장편소설을 완성했고 여러 출판사를 전전한 끝에 드디어 출간 날짜를 잡았다. 흐뭇했다. 다가오는 여름 시장, 홍수처럼 밀려올 공포소설 신간의 대열에 나도 합류할 수 있게 되어서. 한편으로는 안도했고 기대감에 부풀기도 했다. 호러광들이여 모두 일어나라! 그리고 서점으로 달려가라!

그렇게 해서 나온 소설이 《소용돌이》였다. 배경은 시골 마을, 그리고 주인공은 물귀신. 쓰는 내내 애를 태우긴 했지만 더할 나위 없이 즐거웠던 작품.

어라? 그런데 뭔가 이상했다. 다른 소설은 어디 있지? 아무리 찾아봐도 또 다른 공포소설은 보이지 않았다. 그제야 나는 작가들에게 물었다. 신작은 어디 있느냐고. 턱이 덜덜 떨리고 온몸에 소름이 돋고 오줌이 마려워 미칠 것 같은 공포소설은 언제 낼 거냐고. 돌아온 대답은 하나였다.

"호러는 이제 끝이야."

아앗! 나만 헛된 희망을 품었단 말인가……. 그래도 아직 희망을 놓기엔 일렀다. 내 작품이 잘 팔릴 수도 있는 것 아닌가! 그렇게만 된다면 호러광들의 피는 다시 끓을 것이고…….

《소용돌이》는 내가 자신할 만한 작품이었지만 잘 팔리지는 않았다. 호러는 정말로 완전히 끝난 걸지도 모르겠다고, 두툼한 내 책을 들고 생각했다. 《소용돌이》가 출간된 후 그래도 재미있게 읽었다는 '소수'의 독자들은 계속 공포소설을 써달라고 응원의 말을 하곤 했다. 아무렴, 그래야지요. 하하. 나는 고개를 끄덕이면서 마음속으로는 피눈물을 흘렸다. 언젠가 만난 독자는 이런 이야기를 했다.

“전 호러가 좋은데 좋다고 하면 주위에서 이상하게 들 봐요.”

“아…… 마음이 아프네요. 제가 뭘 도와드릴 수도 없고.”

“그러니까 완전 멋진 작품을 써주세요! 제가 자랑하고 다닐 수 있을 만큼. 스티븐 킹처럼!”

“무, 물론이죠. 하하.”

그런 약속을 해버렸으므로 나는 세 번째 장편 역시 호러를 썼다. 스티븐 킹만큼 잘 쓰진 못했지만 내가 고시원 생활을 하던 때를 추억하며 썼고, 그래서 스티븐 킹이 늘 강조했던 아주 진실한 이야기를 할 수 있었다. 그 작품이 《고시원 기담》이다. 역시 시장의 반응은 그리 열광적이지 않았지만 세 권을 연달아 호러 장르의 작품을 내고 나니 내게도 배짱이 생겼다. 죽어서 이미 싸늘하게 변한 장르로도 소설을 썼는데 세상에 못할 게 뭐람. 그런 한편 호러에 대한 애정은 더욱 깊어졌다. 이제는 사명감 비슷한 것도 느낀다. 누군가는 공포소설을 꾸준히 출간해야 호러의 부활을 (조금이라도) 노려볼 수 있지 않겠는가. 그 사명감과 호러에 대한 주체할 수 없는 애정을 담아 펴낸 것이 단편집인 《한밤중에 나 홀로》다.

다행인 점은 그래도 요 몇 년 사이 꽤 괜찮은 호러 작품이 영화와 소설 양쪽에서 선을 보이기 시작했다는 것이다. 나홍신의 〈곡성〉(〈추격자〉 때부터 호러로 일을 낼 거라 생각했다!)부터 조던 필의 〈겟 아웃〉, 그리고 아리 에스터의 〈유전〉까지. 소설 중에는 미스다 신조가 꾸준히 선전하고 있고 최근에는 사와무라 이치의 《보기왕이 온다》가 독자들의 사랑을 받았다. 좋은 일이다. 호러광의 입장에서나 호러 작가의 입장에서나 모두 다. 우리나라 작가들의 작품들도 조금씩 나오고 있다는 사실이 더 반갑다. 예전의 그 호러 붐까지는 아니겠지만 어쩌면, 정말로 어쩌면 호러가 사람들의 사랑을 더 많이 받는 순간이 올지도 모르겠다.

출간을 줄줄이 앞두고 있는 다음 작품 역시 장르는 호러다. 그중에는 추리가 슬쩍 끼어 있기도 하지만 분명 무서운 장면이 많이 나온다. 이제는 어딘가에 가서 소설가 전건우라고 말하면 '아! 호러 쓰시는 분'으로 통하기도 한다. 그저 무서운 이야기가 좋아서, 남들을 무섭게 만드는 게 좋아서 호러에 푹 빠졌던 어린 떠버리가 어느새 소설가가 되어 작품을 만들어 내고 있다. 어딘가의 누군가는 내가 만들어낸 공포를 통해 쾌감을 얻고 (내가 그랬던 것처럼) 영감을 받을지도 모른다는 생각을 하면, 기쁨과 함께 책임감 역시 느낀다. 그러나 과거에도 그랬고 앞으로도 그럴 테지만 내가 책임감 하나로 공포소설을 쓰는 일은 없을 것이다. 내가 끊임없이 호러에 천착하는 이유는 무엇보다 그것이 재미있기 때문이다. 앞서 내가 몇 번이나 쓴 상스러운 표현을 또 한 번 쓴다면 나는 그게 '우라지게' 재밌다.

호러는 시대상을 반영한다. 그런 점에서 장르 자체로 존재의 이유가 있다. 그렇지만 내가 이 책에서 말하고 싶은 건 그게 아니다. 무언가에 학술적으로 접근하기보다 그저 온 마음과 생각과 힘을 다해 그것을 향해 뛰어드는 것, 그것이 내가 생각하는 사랑이고 또한 그것이 내가 호러에 대해 취하고 싶은 자세다. 물론 가끔은 어려운 말을 해야 하는 자리도 있지만, 이 책에서는 아니다.

가끔 언제까지 호러를 쓰실 거예요, 라는 질문을 받는데 그 질문에 대한 내 대답은 한결같다.

소설을 쓰는 한 계속.

이 말은 곧 내가 인생의 큰 공을 굴려가는 한 계속해서 호러를 사랑하고 그것과 관련된 이야기를 쓸 것이라는 의미다. 인생이 어디로 굴러갈지 알 수 없듯, 앞으로 호러가 어떻게 될지도 역시 알 수가 없다. 걸출한 신예나 인기 작가가 등장해 다시 호러 붐이 불 수도 있지 않을까? 그랬으면 정말로 좋겠다. 그런 한편, 그런 순간이 왔을 때도 (혹은 오지 않았을 때도) 나는 여전히 호러를 쓰고 있다면, 부디 나의 큰 공이 그렇게 굴러가 준다면 더할 나위 없이 기쁘겠다.

에필로그

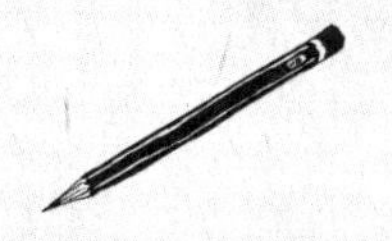

처음에는 쓸 이야기가 없으면 어쩌나 걱정했는데 웬걸, 쓰다 보니 말이 너무 길어졌다. 좋아하는 것에 대한 이야기는 역시 해도 해도 끝이 없다. 그렇다면 진짜로 이 책을 끝내기 전에 몇 가지 이야기를 더 하고 싶다.

이 책을 처음부터 끝까지 읽은 독자라면 호러에 대해 이미 애정을 가진 사람일 것이다. 혹은 희망사항이긴 하나 내 기막힌 글 솜씨를 보고 호러를 향해 마음을 조금 열어보려는 독자도 있을 수 있겠다. 어느 쪽이든 상관없이 나는 이렇게 말해주고 싶다. 무언가를 두려워하는 것에 당당해지라고. 그리고 호러를 사랑하는 일을 부끄러워하지 말라고.

두려워하는 마음은 자연스러운 것이다. 한편으로는 멋진 것이기도 하다. 인간은 내면의 두려움과 자주 마주해야 해소의 기쁨을 누릴 수 있다. 그리고 때론 두려움이 인생의 나침반이 될 때가 있다. 나 역시 그랬다. 이미 여기까지 읽은 독자들은 잘 알겠지만 분기점이 되는 인생의 매 순간마다 두려움은 내게 올바른 방향을 제시해 줬다.

그런 두려움을 인정하고 호러를 만끽할 때 우리는 또 다른 즐거움을 느낄 수 있다.

호러에 대한 이야기라면, 그러니까 사랑하는 뭔가에 대한 이야기라면 더 많이 할 수도 있겠지만 여기서 줄이려 한다. 너무 길면 재미가 없는 법이니까. 미처 다 풀어내지 못한 사랑의 감정이 있다면 이번에는 더 좋은 호러 작품으로 승화시켜 보겠다.

이 책을 기획하고 내게 '호러'라는 주제로 원고를 의뢰한 출판사 북오션에게 감사의 말을 전한다. 북오션이었기에 이렇게 용기 있는 기획을 할 수 있었으리라. 그리고 무엇보다 끝까지 읽어준 당신, 바로 당신에게 크나큰 감사의 마음을 전한다. 이 긴 연애편지에 당신도 공감하며 즐거워했길 바란다. 나는 다시 소설을 쓰러 간다.